脂麻书

老猫 著
LAO MAO

中国工人出版社

图书在版编目（CIP）数据

脂麻书／老猫著. —北京：中国工人出版社，2017.5
ISBN 978-7-5008-6707-4

Ⅰ.①脂… Ⅱ.①老… Ⅲ.①故事—作品集—中国—当代
Ⅳ.①I247.81

中国版本图书馆CIP数据核字（2017）第121905号

脂麻书

出 版 人	芮宗金
责任编辑	董 虹
责任校对	董春娜
责任印制	黄 丽
出版发行	中国工人出版社
地　　址	北京市东城区鼓楼外大街45号 邮编：100120
网　　址	http://www.wp-china.com
电　　话	（010）62005043（总编室） （010）62005039（出版物流部） （010）62379038（社科文艺分社）
发行热线	（010）62005049 （010）62005042（传真）
经　　销	各地书店
印　　刷	三河市文通印刷包装有限公司
开　　本	880毫米×1230毫米 1/32
印　　张	7.5
字　　数	210千字
版　　次	2017年7月第1版 2017年7月第1次印刷
定　　价	36.00元

序

脂麻书，故纸堆中的碎片

《寓圃杂记》里的典故，吴人爱用脂麻（芝麻）点茶，所以小店中少不了卖脂麻的。有个店主，家里有旧书，干脆就撕了旧书页当包装纸。有人买了几包脂麻回去，打开包装纸，仔细一瞧，上面有字，串起来看，是《资治通鉴》。于是读了，熟了，跟人聊天，也能引经据典。有人问故事的来龙去脉，他却说不出来，只好据实相告："我这都是脂麻包装纸上看来的，就知道这么多，再多我也不知道啦。"

所以，留下"脂麻通鉴"这么个说法，意思是只知道片段，不知道整体，断章取义，不求甚解。反正，不是什么好词儿。

不过现在看来，也不是什么坏词儿。历史典籍浩如烟海，即便是专业人士，穷经皓首，未必能全看完。我等普通人，能看到一些"脂麻书"的内容，知道些历史的碎片，总比什么都不知道强吧？

大家都这么忙，玩朋友圈或者去挣钱，能看文言且繁体竖排书的，很少。但我就是这么个人，我看了，觉得有趣，翻译成白话，串起来重新讲给大家，也算功德一件。写这些文章的时候我就在想，我就是个说书的，是个传播介质，你们歇着，我来讲故事给你们听。

古人没手机玩，但并不意味着不喜欢写微博、写朋友圈。文人士大夫，没事把所见、所听、所闻记下来，一篇短则几十字多则几千字，就是他们的“网文”。老了以后整理一下刊印，成了笔记、小说，所谓野史，留给后世，这就能传播出去了。其中不乏海阔天空奇思妙想，更多的是对周边朋友、同事、皇帝、老百姓言行的记载，五花八门无所不包。你看不出这是历史，这就是碎片，但这些碎片多了，它也就是历史，是细节组成的历史，是喜怒哀乐组成的历史。许多正史，都是从这些碎片中整理出来的，也是借鉴了这些作品才写成的。正史为后人所作，而这些“朋友圈”多为当代人所作，在细节方面，更加生动活泼，甚至更加准确。它们缺乏的是系统性和权威性，没什么起承转合，但多的是血肉，是情趣，是活泼，更加贴近生活。所以它们不该被忽视，应该拿出来跟大家分享。

历史不单是帝王将相、宏大叙事，历史也是细节，也是尘埃，是大江涌动的清凉月夜，是葱白指尖划破的橘皮，是官场上无情的戏谑，也是春宵帐中的甜蜜情深……历史是生活，我们就是从这些生活中繁衍延续下来的。历史不是石头和铁板，历史是爱恨情仇，是失意、冤屈、悔恨，也是美好、感动、坚持和果敢。它是由文人的大酒、姑娘的发梢、农商的劳作、艺术家的脑洞大开组成的。换个角度看，它枯燥冰冷的另一面，是花团锦簇，高潮迭起。

当你翻开那些故纸堆，接近那些平时以为冷酷高大且遥远的历史人物，你会发现，那些皇帝大臣、文人墨客、才子佳人，都逐渐活了起来。他们的日常所想，他们的钩心斗角、处心积虑，他们为人处世的套路，和我们是这么相近。时代变了，科技飞跃了，但骨子里的东西并没有变。他们做的事，我们也正在做。他们走过的弯路，我们并没能避免，甚至还在绕圈子。从这个角度来说，他们是我们的祖辈，他们也就是我们。

都说历史是镜子，所以才有“通鉴”一说。照镜子一看，嗨，那不就是你和我嘛。

我想，这是历史最为有趣的魅力，也是那么多人喜欢历史的缘由。

在网上搜索发现，二十余年前，有文史界前辈，以《脂麻通鉴》为名，写过历史书。这本书不敢称“通鉴”，取名《脂麻书》，内容角度不同，但是一个意思。既然我们不能拒绝碎片，干脆就接受碎片，在这个信息碎片化的时代，我们可以用碎片拼图，反而更接近历史的原貌。毕竟那些散碎的故纸，说起来也全是悲欢。

再说一遍，你们没时间去看没关系，我替你们去看，并且愿意讲给你们听。

在此，向所有试图向大众讲述历史的人，无论是前辈还是同辈，表达敬意。

老猫

2017 年 5 月

目录

第一编　经济

第二编　江湖

第一编

经济

房地产在古代

房地产不是今天才有的，有了私有制就有房地产买卖。

古代买块地多少钱呢？《野客丛书》里写了东方朔一句话："丰镐之间，号为土膏，其价亩一金。"这里说的是汉朝长安附近，最熟的地皮了。汉朝所谓一金，是指一斤金子（其实是黄铜），折算差不多一万铜板，若换算成现在的钱，四五千元人民币吧。一亩地是660多平方米，折合七八百元一平方米。这个价钱还有很多记载证实，如"厥土之膏，亩价一金"、"祖业良田，亩价一金"。汉朝大概就是这么个价钱。

到了宋朝，房地产交易就活跃了、不仅能拿钱买，还能拿东西换。《铁围山丛谈》里说，书法家米芾想在江南丹阳置个大宅子，到处找人打听。他一哥们儿呢，则惦记上米芾手里的一件宝贝了。什么东西啊？一方砚台。这砚台叫砚山，原来是李后主的，一尺多长，前有手指粗的"山峰"三十六座，两边是坡，中间凿成研池，反正是好宝贝。于是呢，这位就帮着米芾踅摸地方，终于找见甘露寺下临江的一块古墓，据说是晋唐时人的住所，背山面河风景好，还有好多参天古树。这之后，就召饭局了，大家在一起吃吃喝喝高兴，米芾就拿砚台换了这块地，后来在这里造了个大宅子，起名叫“海岳庵”。

现在拿砚台能换房子吗？要真是找着李后主那方，没准也行。但这东西估计落不到文人手里。米芾交给哥们儿那方砚山，后来被宋徽宗收走了。

清朝笔记说，当时有人发现了宋朝的土地交易合同，是这么写的：大宋国江都县太平乡某地，今将钱财九万九千九百九十贯，就着皇天父、后土母、三十八将灵祇，买得丁地坟山。天地神明面前交割清楚。见人东王公、西王母，保人张陆、李庭，书契人石度、金度……最后还来了一句：“急急如律令”。

这份神神道道的地契，挺让人怀疑的。将近十万贯买块墓地？那可赶上现在的物价了。后来又有人找到宋朝的书，发现上面有记载，说买墓地一定要用买地券，是用木头做的，写着红字，实际价格多少再论，买地券上一定要写上九数，如“九千九百九十九文”（这又太便宜了）。还有人发现了晋朝的买地券，只不过价钱写的是“四百万钱”。原来，这一类的地契不是真地契，只是一种形式，或者是一个告慰亡灵的物件，和纸钱是一个意思。

真的地契也有，《容斋随笔》里就提到从东晋以后，凡货卖奴婢、马牛、田宅，皆有文券。不仅有契约，还有交易税，“率钱一万，输估四百入官”，税率是百分之四，比起现在的契税加营业税加差额个税来，还是仁义得多了。这笔钱，由卖家出三百，买家出一百，大家都有份。即便如此，也有很多人认为官家索取过多，而且这些税名义上双方交，实际上“皆买者独输”（和现在所有税费由买家出一模一样）。为了避税，交易数额比较大的，就得想办法了，“率隐灭价值”，故意在契约上隐瞒价格，搞起了阴阳合同，如同现在网签一个价，合同另一个价。于是，相关的诉讼纠纷也就多了。

清朝的学者俞樾写道：在清朝，买卖田宅的契税，都由买者缴纳，和宋朝相同，但按照晋朝、宋朝的制度，买卖双方都要出，而且卖家比买家出得多，“不可解也”。

以上，都是民间的房地产营生。那么官员呢？他们能住什么样的宅子？唐朝的官员，住的就比较典型。唐朝初年，提倡节俭，魏征这样的高官，也就住在陋室之中，唐太宗要给他修大宅子，他还死活不要。后来魏征重病，李世民赶紧把自己盖一个小殿的木料，拿去给魏征盖房，五天竣工。这房子一直留到开元年间，毁于失火。房子烧掉的时候，魏征的子孙痛哭了三天，士大夫们还纷纷前往凭吊。

再如，唐高宗时，中书侍郎李义琰住的也是蜗居，最后病故于“方丈室内”，皇帝很是过意不去，出钱给他造了座灵堂。

可到了武则天以后，皇亲官员就开始奢靡了，个个比着营造豪宅。唐玄宗天宝年间，御史大夫王鉷有罪赐死，朝廷官员到王家太平坊大宅去搜检，竟然“数日不能遍”，还真是房叔气派。坊间议论，这种拼着比着盖豪宅的行为，叫作“土木之妖”。

即便是“安史之乱”也没刹住歪风邪气。平定叛乱的郭子仪牛大了，他的住宅里，院子与院子之间得靠车马往来，各个院子里的门房，彼此都不认识，正所谓：“堂高凭上望，宅广乘车行”。

有一天郭子仪出门，看见施工队正在给他盖院墙，他随口说道：“好好筑这面墙啊，别不结实。”那工人放下工具，说：“放心吧，京城里达官贵人的院墙，都是我建的。几十年来，只见主人更换，墙没毛病，都好好的呢。”

郭子仪听了半天没言声，转身上朝，辞职去了。

朝廷钱紧，赶紧印钞

钱紧的事情是经常发生的，不仅是现在，古代也一样。不同的是古代没有银行可以互相拆借，多少利率也换不来钱，只能找政府。政府要给玩砸了，那钱可就真毛了。

南宋，高宗南渡，刚在杭州稳当下来那阵，钱就紧了。当时战争刚结束，大家都还没缓过神来呢，什么交子、会子之类的纸币暂时还没上市，市面上的铜钱忽然就不够用了。越不够用，就越有人把在手里，大款们开始攒铜钱玩，市场可就萧条了，光有货，没有钱。市长曹泳就绷不住了，这不要乱吗？赶紧找到秦桧："宰相啊，想想办法吧，要不然，咱们不堪设想。"

秦桧没着急，就是笑："多大事儿啊，容易解决嘛。"怎么解决的？立刻命令文思院官员集合开会。文思院相当于中央银行的设计部门，干吗用的？设计新钱样儿。那些官员得到开会的通知，赶紧往办公室赶，还没到呢，路上催促的人就接踵而至："快点儿快点儿，秦大人等得都不耐烦了。"

官员们狂奔而至，秦桧发言，没两句话，内容为："刚得到圣旨，要铸造新钱，现在的钱一律作废。诸位加个班，明天中午之前给我设计铸造一贯新钱出来，我要交给皇上审批。"

说完就散会了，诸多官员啥都没来得及说。得，回去赶工吧。那真是彻夜不眠。

这动静弄得相当大，天亮的时候全城都知道了。什么效果呢？所有钱都出现在市场上，物价都给哄抬起来了。能花就花吧，马上要作废了，不花就变废铜了。这么一折腾，缺现金这事就解决了。至于文思院上交了钱样，那自然是再无下文，什么圣旨啊，什么新钱啊，全都是秦桧散布的谣言，压根儿就没这回事。

秦桧这活干的，还算有点儿技术含量吧？就是没把皇帝放在眼里。不过散布假消息左右金融市场这事传承下来了，各类消息历代都有，真真假假，虚虚实实，多着呢。

回到南宋，绍兴三十一年，会子上市了。

会子就是纸币，宋朝会子务（相当于中央银行）发行，为此政府还拨了十万贯准备金。一贯会子，可以兑换七百七十文铜钱，每三年重新发行一届，以旧换新。那阵会子还真是值钱，相当长一段时间保持币值稳定，到发行第三届时，还值六百多文铜钱呢，没跌多少。

会子又被称为楮券、楮币，因为它必须用楮树皮造的纸印制，以免伪造。但又不够用了，钱紧了。一贯会子涨到八百文，在湖北一带更贵，四川的太守到杭州来，跟皇帝说："道间目击，楮涌为患。"楮券涨得太厉害了，民间都在说会子不够用。宋孝宗就琢磨，要不增发货币吧，多印点儿，方便大家使用。这个想法遭到了侍从陈天佑的坚决反对，说要这么干，不出五十年，"必大坏而不可收拾"。太学博士叶适说得更严重："不数年间，将交执空券而无所售。"宋孝宗还不信，结果真没过多长时间，会子贬值得厉害。对这个后果，宋孝宗只是笑笑，他自己拿的主意，谁也怪罪不着嘛。

后来，会子的掉价就一发不可收了，倒也没增发，就是发了新的，旧的不收回，延期使用，先是延期三年，接着发展到十年、二十年……其实和增发一个样，比增发还增发。国家要用钱啊，对外要打金朝，不打了就上贡，内部呢还有贪腐。等发到十七届，每贯会子只值三百文，十八届时，就值一百九十二文了，贬值得一塌糊涂。这个时候，距离会子问世，也就一百多年。

这个时候，还是南宋末期贾似道当政——他决定使用新币关子。说他是想挽救经济吧，可他虚荣心还特强，非把新关子上面盖好几个章，正好呈一个"贾"字。合着就是想把钱印上自己的影子。关子发行，十七届会子立刻作废，十八届可以兑换，三比一。这下，老百姓手里的财富又被剥夺了。

太学生叶李是坚决反对发行关子的，抢钱没这么抢的啊。他联合好几个人上书说贾似道乱搞，专权误国，结果是自己被刺配岭南。后来，贾似道倒台，叶李才被放回来。巧的是，回杭州的叶李和被发配的贾似道还在半道上遇到了。叶李还写了首词送给贾似道："君来路，吾归路，来来去去何时住？公田关子竟何如，国事当时谁汝误？雷州户，崖州户，人生会有相逢处。客中颇恨无蒸羊，聊赠一篇长短句。"

贾似道很快就遇刺身亡了，叶李几经周折，在元朝当了官。他干的头件事就是奉上了钞票的票样，是他自己设计的代替关子的新钱，本来是打算给南宋用的，没用上，改了年号，给元朝用了，这就是至元钞。至元钞代替了元朝正使用的中统钞，一共十一种面值，最小的五文，最大的两贯。元世祖非常欣赏他，给他起了个“蛮子秀才”的外号，他生病不能上朝，元世祖不干了，还派自己的五龙车去接他，让他在朝廷上坐着说话，待遇十分优厚。

元朝是禁止民间使用金银甚至铜钱的，买什么一律使用纸币钞票。当然，也忍不住超发，发得无法收拾了就用新钞替代，最后钞票毛得没人用了，全社会都回到了货货交易的状态，不得已又重新用起了铜板和金银。整个社会经济因为增发过度，绕了个大圈子，最后还是崩溃了。

收税了，拿钱来

向老百姓收税收费，历来都是件慎重的事情。古代没有议会，没法交人大讨论，但朝廷上争论一番也是有的，不能今天说收一万二，明天就改六万了。这叫横征暴敛，要是普及开来，基本上就是作死的做法了。

古代乱收税费的事挺多，基本没好结局。宋朝《铁围山丛谈》一书就揭发说，丞相王黼就是个乱收税的主。收税的背景，是宣和四年，当时北宋要配合金兵攻击辽国，战事展开，花钱无数，朝廷的支出就捉襟见肘了，王黼听了一名老胥吏的主意，建议开征"免夫钱"。

这是个什么税种呢？国家要打仗，大家都得出人（夫调）啊。但国家不要你们的人，要你们的钱，你们出钱国家雇人吧。宋徽宗笔一挥，同意，开征。到了宣和七年春，总共征收了六千二百余万缗。可查账的时候一算，只剩下六百多万缗了，刨去用掉的，少了两千二百万缗。钱哪儿去了，谁都不知道。

王黼的政治死敌蔡京是坚决反对征收“免夫钱”的，他对皇帝说，这就是“于穷百姓口中敛饭碗”，把皇帝都说后悔了。《铁围山丛谈》的作者是蔡京的儿子，当然要为老爹说话了，指责王黼为了“免夫钱”特意建了个机构叫经抚房，管账的。战事一结束，一把火，把账本全烧了，自此查无实据。

其实蔡京也不是什么好鸟。他倒是没像别人那样去征税和扩田，可他撺掇皇帝花钱啊，铸九鼎造九宫什么的。加上花石纲，就这么造，财政也好不了。瞧瞧北宋末的状况就会知道，税费泛滥和大兴楼堂馆所，都不是吉兆。

再看看北方的金朝，也好不到哪儿去，竟然把收税当成福利了。

《茶香室三钞》援引宋朝文献说，金朝的官员如果遇到丁忧这样的事情，回到家乡，都有个差事——监察关税、商税、盐铁税之类，还有个名目，叫“忧饶”。这就明摆着是福利了，以一年为限。收税每增加一倍，叫作得一筹，可以升迁一次。你说他们收税能不积极吗？使劲收，创纪录的人，一年升迁了七八次。有的人实在收不上这么多税了，干脆就拿自己的家产充税，图的就是赶紧升官，好再赚回来。后来朝廷也看不下去了，就搞了个“限制升迁”，一年之内，升迁不得超过三次。那也不少啊。

当然，凡事都有例外，有的官员，觉得在自己家乡挺好，不想再升官了。他们会少向老百姓收税吗？不会。他们的做法依旧是狂征、猛征，收到的钱除了按惯例向朝廷上缴之外，就“公然分之”。反正无论想不想升官，老百姓都倒霉。

除了税收，乱收费、乱克扣也是敛财方式之一。元朝的《南村辍耕录》就讲，当时东北苦寒之地，每年九月到次年四五月，都会冻冰，无论是官员上任，还是运输物资，最常用的是“站车”，也就是现在所说的狗爬犁。每辆站车用四条狗拉。这些狗也是有口粮的，叫“狗分例”。谁承想，就这点儿狗粮也被人盯上了，有人从中克扣。更出人意料的是，狗心里明白着呢，谁克扣了粮食门儿清。狗狗们毫无权威意识，见着克扣的主使，上去就咬，“若尅减之，必啮其主者，至死乃已”。瞒天瞒地，你能瞒得过雪亮的狗眼吗？

因为乱收费惹出大事的也有。这个人是个太监，叫孙隆。明朝万历二十九年，到苏州监督织造。《坚瓠集》等多部古书都对此事有记载——他来了之后，招了一帮当地恶少，在各个城门设卡，凡是挑着担子出入的，不管你担的是菜还是煤，只要里面有东西，收钱，必须得交钱才能放行。这下可把苏州人惹急了，六月初三，忽然就聚集了几十个人，后来扩充到两千人（一说上万人），头里走着的一个，叫葛诚，摇着把芭蕉扇，算是带头人，后面跟着的全都拿着棍棒，直接就找孙隆说理去了。孙隆吓得屁滚尿流，仓皇逃窜，一直跑到杭州才驻足。当地的官员一看群情汹涌要出事，就把那帮在城门敛财的办事员们捆了一个，交给老百姓，顷刻就被打死了，接着就一把火烧了孙隆的住处。

这件事情直到五天后才平息下去。官府要追究闹事者，葛诚就上门自首：“全是我干的，我一个人担责，杀了我就得了。”当地的地方官也挺有意思，写文书的时候对葛诚说：“你看你这名字，都闹成这样了，和造反也没啥区别，就不能叫‘诚’了，我给你改个名儿，就叫‘葛贤’吧。”嗨，这是夸人家吧？

葛诚在牢里，据说吃了点儿苦，挨了大板子，不过最后的结局是——无罪释放。估计官员们也挺讨厌太监胡作非为给地方惹事的，能不追究就不追究了。后来，苏州人把葛诚称为“葛将军”，还为他修了座“葛将军庙”。

要说呢，乱收税费这事，可不是闹着玩的，政权信义、人心向背，都容易从这上面反映出来。红口白牙随便一说就算，罚款都带月票，收了钱不知道去处，这都是大忌。有的地方官员眼睛特别容易红，老看着别人的钱就是自己的钱，心里动着念头手就要伸出去，这不成，得用制度和法律好好管着。

壮哉鼠雀

有一天，后唐的唐明宗视察仓库去了。仓库主管有点儿哆嗦，为啥啊？怕库里的粮食对不上账，那不仅要挨骂，所有的亏损还得自己来扛。查的结果，肯定对不上啊。皇帝说："你瞧瞧，东西放在仓库里，动辄好几年，要都是你们这个管法，那以后就没法看了。"仓库主管赶紧诉苦："这不有自然损耗吗？好多看仓库的，倾家荡产赔偿、平账，就是这个缘故嘛。"

要说这皇帝是个厚道人呢，一琢磨仓库主管确实有苦衷啊，于是就定了个规矩：计算鼠雀耗，就是每石粮食，允许损失两升，算是老鼠麻雀给吃了。"鼠雀耗"这个规矩持续了上千年，后来所谓的"加耗"，也就从此开始。加耗的种类繁多，什么仓场耗、火耗、升斗耗等，用现在的话来说，是"折旧费"或者"日常损耗"。

"鼠雀耗"这种规矩，有它合理的地方，但它也为贪污和消耗公款打开了方便之门。

其实“鼠雀耗”也不是唐明宗的发明。早在南北朝的时候，就有这种说法了。当时梁朝的官员张率，派人带三十石大米回老家，等到了家里，剩下不到一半了。问怎么回事，带米的人回答：“鼠雀耗也。”张率倒没批评人家，只是感慨一声：“壮哉鼠雀。”

张率没想到，自己不在意的一件事，以后用到公务上了，官员们巧取豪夺，都用这个当挡箭牌。

贪污的渠道挺多，不止“鼠雀耗”这一项。有一次宋朝修内司，就是盖个办公室，竣工后报账，共用了三千三百条木头。后来派职方员外郎陈昭素重新核查，实际用木料只有三百条，花账率达到九成，这帮施工队也太黑了。除了施工，厨房也是个大黑洞，御厨报消耗，每天支面一万斤，宰羊二百八十只，结果下去一查，实际支面只有六千斤，宰羊只有四十只。稍微一算就明白，各类公款支出有多少中饱私囊了。

《东轩笔录》里还讲过一事儿。北宋的发运判官（管漕运的官员）许元，老觉得造船用的材料里有诈，问题就在钉子上。那些钉子消耗也太大了，可又没法查，都钉在木头里啊，谁还能一个个去数？不过许元也有自己的办法。有一天他突然到了船厂，命令拽过一条刚造好的新船，一把火给烧了。木头烧完了，就剩下钉子了，撮堆儿一称，用了多少斤钉子，一目了然，相当于账面所报的十分之一。得，少废话，以后造船，就按这个标准来了。

“鼠雀耗”多了，就存在一个不够花的问题。于是各种名目的税费就应运而生。最明显的一种，当然是遗产税了。古代继承遗产、分家，要拈门阄，就是老人把遗产分成若干份，写在纸上，继承者抓阄，抓到哪份是哪份。这些阄书，必须到官府去盖章才算数。可宋朝的一些地方政府，就靠这个敛财，盖个章多少钱，使劲收费。如此行政审批，遇到家里子女多的，家还没分呢，钱都没了。于是大家只好避税，不去盖章了。可不盖章的门阄没有公信力，天长日久，子女们为此打官司的就特别多。

为了制止各类“耗”，也有人想了不少办法，其中之一就是找当地富户来管账、当出纳，表面上看是公开透明，可很快就演变成了巧取豪夺的一种方式。《南村辍耕录》里说，元朝浙江的广济库，就找了杭州若干富户充当“库子”。可官员们要花钱，账房们敢说个“不”字吗？花呗。到了审计的时候，一查，亏空巨大，得，钱全都由这些富户补上。倾家荡产后还没补全怎么办？当地的官员也真有办法，把这些富户的妻妾女儿全抓了起来，用小船载到西湖上去“求食”，实际上是卖身，“不肖辈群趋焉”，赚到的钱一律充公。这就叫管事管不到点儿上，没从制度入手堵漏子，就好比一个公司亏损了，板子全打财务身上，啥问题都解决不了。

对于各种加耗，皇帝们经常头疼，却又没办法。说白了，还是重视得不够，别贪赃枉法太狠了就成，平常吃点儿喝点儿，拿点儿掖点儿，都是小节。宋高宗时就有这么一位，叫张孝祥，这位是宋高宗钦定的状元，做官也很有正义感，才华出众，就是有一点，喜欢女色和吃喝。有一次皇帝问他：“人言卿赃滥，有这事吗？”张孝祥说：“臣可不敢欺君，臣的确是个烂人，可赃这字儿，的确不敢奉诏。”这话把宋高宗说乐了，就没再提。其实许多官都是这样的，我又不拿自己账上的钱，别人请客，送点儿东西有什么不可以？同事、朋友、上司也都不当个事儿，积累下来，手拿得顺溜了，酒喝得爽滑了，就耗出个巨大的招待费来——等意识到是个事儿了，拔脚也晚了。

老赖记

最高人民法院开了新闻发布会，宣布六类人将进入“老赖黑名单”。接着人民网就把一堆老赖挂了出来，欠钱不还的，多的有好几个亿。看来要做好事，首先要做到的就是不赖账。在这个基础上，做什么才叫好事，否则都是假招子，因为这是起码的“信义”。

什么是通行意义上的好人呢？话说，有一年，权相蔡京出行，到了浙右新开湖上，看见湖面渔舟驰骋，就叫过一条来，打算向渔舟买鱼。

船上的鱼并不怎么好，大小不一，但渔人坚持要卖个高价——三十钱。尽管不划算，但蔡家的儿子还是付钱了，贵就贵吧，谁让自己是大船呢？

交易达成，大船小船分开。但没过多久，就看见那艘小渔舟飞也似的向大船追来，大家都琢磨：“哎哟，这么快就打上大鱼了？”

小船追上来，船上的渔夫喊：“哎，说好的是三十钱，你们怎么多给了一个钱？我们是来还钱的。"

一个钱，至于吗？大船上的人不要，小船上的人非要还，推来搡去，最后还是还了。这是什么精神？这是契约精神。贵是贵，宰你了，但是，超出契约多给的钱，这不能要。

打鱼的有这个觉悟，达官贵人却未必有。比如，南宋的抗金大将杨沂中，就赖掉一笔账款。

杨沂中微服出行，遇到一看相测字儿的，递上纸笔，杨沂中不接，只用拐杖在地上画了个"一"。看相的大惊："您是贵人啊，怎么到这儿来了？"杨沂中愣了，问他怎么知道。看相的说："土上面画个一，那不就是个'王'吗？"这一下把杨沂中逗开心了，接过纸笔，在上面批了五百万贯，说，你明天拿着这张纸，到我家找财务（司帑）领钱去吧。

结果第二天领钱的时候，财务不认了："你谁啊？敢假冒我家老爷的字迹拿来骗钱？我把你送官去信吗？"

看相的哪儿能认怂啊？坚称这是真的，并且大喊大叫，希望杨沂中听见能出来。可惜，院子太深，压根儿听不见。争吵半天，最后调解了一下，看相的得到五十贯钱，边哭边骂着走了。

事后，财务找机会向杨沂中询问这件事，杨沂中说："没错啊，条子是我写的，这人是神相啊。"财务说："我已经以条子是假的为由，给他五十贯钱打发走了。"

这回轮到杨沂中不解了："为啥啊？"

"他今天说你要当王爷，明天指不定还说出你当什么来。那你不就有麻烦了吗？更何况，您现在已经发达了，就用不着他们相面了。"

杨沂中一听，这财务才叫真懂事儿呢。得，那五百万贯，就赏了你吧。

这次违约事件就这么达成了。杨沂中没觉得财务有什么不对，财务也觉得自己绝顶聪明，只可惜了看相的，看出对方是贵人了，就没看出对方不认账，自己的欢喜成了一场空。这事儿怪谁？要怪就怪谁都没个契约精神，也不是法治社会，要不拿着那张纸去衙门告一状？民告官有多难啊，还是那么一个趁钱的官。

这也算失信于民吧？起码也算失信于看相的，总之，失信是跑不了了。

账是外人的，赖了不好。自家人的钱也黑，就更说不过去了。

这次的苦主是李慈铭，晚清的文史学家，他有个妹夫叫周星诒，周星诒的哥哥叫周星誉。大家是亲戚，也是诗友。周星誉当着个官，有一天就劝李慈铭——你这么有才华，不出山可惜了，不如捐个官当当嘛。李慈铭被劝得心动，就把房产卖了，准备捐个京城的郎中。

恰好，他妹夫周星诒也要去京城捐官，李慈铭就把钱交给妹夫，说一起办了吧。这有什么不放心的呢？没想到周星诒到了京城，部里的官员传出话来：正好福建有个同知的缺，你要是加点儿钱，就能办下来。周星诒心动了，可自己的钱不够怎么办？就把李慈铭的钱挪用了。而李慈铭的郎中呢？就从“不论单双月”都候补，变成了只“双月”候补，大大缩水，也没什么戏了。李慈铭到了京城，发现自己的官没捐成，周星诒又去福建了，只好住在周星誉京城的家中，待着。

这不被坑了吗？李慈铭咽不下这口气，不仅写诗骂周星诒，还逢人就讲周星诒不是东西，骂得相当难听。

周星诒到福建上任，有钱了，托人把挪用的钱捎给李慈铭。来人一见李慈铭恶骂周星诒，就没提还钱的事儿，只是试探性地问了一句：“要是周星诒把钱都还给你了，你们还能恢复友谊吗？”李慈铭气呼呼地说：“就算是本息都加一倍，也不可能了。”

一句话，来人再也没说什么，这钱愣是不还了。

后来，李慈铭还看到有人给周星誉送钱，就闹着让周星誉替弟弟还钱，周星誉拒绝了。这么一来，他和周星誉的关系，也搞僵了。本来是个受害者，反而弄成众叛亲离，这找谁说理去啊？

周星诒后来说，李慈铭骂我，应该的；骂我哥，就是以德报怨了——可也不想想，这都是谁引起的？

事情坏就坏在没诚信上。不过风气败坏，花钱捐官厉害，本来就不是诚信社会，都想着上任后捞回来呢，讲诚信也是白搭。最大的失信者，恐怕就是朝廷了。

蔡京的儿子蔡絛在讲完新开湖的故事后，说：“现在的人穿着官服，讲着先王法条，自号君子，恭维着上司，一触及自己秋毫利害，表现出那点儿品质，怕是赶不上新开湖渔民。”他那本书一直都是夸他爹的，就这句话挺实在，千百年印证，有理。

自古艰辛唯就业

宋人周密的《癸辛杂识》别集里说，当宦官要先自宫，这个过程当时叫“服药”，然后把名字呈报兵部。兵部在审核的时候，是要查“应聘者”八字的——八字不好，这人就不能要。注意，是先自宫而后审核，要是过不了关，就白自宫了。好在，这个八字是按“服药日”的时辰来推算的，而不是本人生日，可以人为控制。所以，众多想当宦官的人，事先都要精打细算，掐准了好日子再下刀，要疏忽了，找不到工作还赔上正常人的生活，后悔一辈子。

光八字好还不成，到了明朝，太监就业，还得验口吃。清书《柳亭诗话》就讲，“小阉”在“服药”之后要过堂，每人朗诵“二月二十二”一句，“验其口吃与否”。结巴是不能当太监的，可能是怕把皇帝、皇子什么的都带结巴了。

自古艰辛唯就业，“应聘”个太监都这么难，找工作有多不容易，可想而知。

明清以来，想当“公务员”进仕途，也有不成文的规矩，那就是在同等条件下，说北方话的优先。原因也很简单，皇帝长在北方，你一嘴南方话汇报工作，他听不懂怎么办？听差了会错意，会直接导致政策失误。到了清朝，雍正六年，皇帝还特意下旨，大意是：你要当官，说话必须人人通晓，这才能熟悉民情、熟悉地方，办事无误。特别是福建人和广东人，有些人都经过礼部的训练了，和朕说话朕还是听不懂。你们到外省去做官，语言不过关，怎么念圣旨？怎么审案子？和上下级怎么沟通？那还得雇人当翻译代为传递，而这群胥吏肯定添油加醋，不能准确传达，到时候耽误大事儿。所以，命令这两省的督抚，往下传达到各地州府县的官员与教师，一定得让学生说话说明白，不许再沿袭乡音。

瞧，搁在旧社会，要是只会现在时髦的粤语，那完了，就业成了大问题。

清朝书籍《闽杂记》里讲，根据这道旨意，各地雨后春笋般办起了普通话辅导班，就叫正音书院。口音这事儿影响前途，谁敢含糊啊？

不过也就是一阵。主要是考试不考，皇帝强调了，大家抓一抓；皇帝忘了，没督促，地方官们就不在意了。到后来，正音书院能坚持下来的，据说只有福建邵武县一家。好多事不都这样嘛。

古代考试和就业密切相关，考到功名了，就意味着就业不难了。不像现在，考大学是一回事，找工作是另外一回事，两道关口。不过，也正因如此，古代考试就显得尤为重要，没摸准主考官的脉，offer 还是拿不到。比如，贞观二十年文词享誉京城的张昌龄、王公瑾，就被考官王师旦把文策定为“下等”。《封氏闻见记》一书中说，唐太宗拿到录取名单，没找到这两个人的名字，就问王师旦怎么回事。王师旦答：“他俩的文章是好，就是文体轻薄，文笔浮艳，必不成器。要让他俩来，恐生效仿，会改变陛下务实的风气。”

唐太宗啥都没再说。那哥儿俩就真的没机会了——张昌龄后来补了个长安尉，因牵扯贪污解职。王公瑾则一直寂寂无闻。

人倒霉了，真是喝口凉水都塞牙。清朝时，有个叫方观承的书生进京求职，走到江苏宝应县，身上实在是没钱了。当时寒风凛冽，这哥们儿只身穿一件破袍子，里面连内衣都没有，拿绳子一系，脚上的鞋都露脚趾了。他想起有朋友住在这里，就去他家想借点儿钱，没想到走到大门口，还在那儿犹豫呢，就被看门的认定是小偷，过来轰他走。

方观承是读书人，不好意思争辩，只好滚了。一个人落寞可怜，溜达到旁边的卢家巷。那儿是个自由市场，他就站在肉摊前看摊主卖肉。买肉的人实在是太多了，摊主一边切肉称肉，一边收钱，一边记账，手忙脚乱，把方观承给看乐了。

摊主说：“别笑话我，你写字的和卖肉的两码事，你做不来。”

方观承说：“我帮你怎么样？给你记账。”

就这样，方观承找到了他人生的第一份工作——卖肉。具体是坐在摊主旁边记账，卖了几斤几两，收多少钱，摊主一笔笔喊出来，方观承就一笔笔记下来。

晚上，方观承被摊主带回了家，足足地吃了顿肉。两人约定，方观承帮着摊主记账，工作到春节之后。

早出晚归，踏实工作，睡的是门板，盖的是枯草粗布被子，手脚如此麻利，方观承显然受到了摊主的喜爱。初一那天早晨一觉醒来，方观承发现旁边多了个篮子，里面是全套崭新的布袍、棉袄、内衣、棉裤、袜子、新鞋。摊主跟他说，这里过节热闹，你无论如何多住些日子啊。

过了正月十五，方观承坚决要走，摊主请他吃了顿告别饭，送给他一套新行囊，里面是这些日子的工钱——四千钱。有了第一桶金，方观承就有底了，路上还接济了一个和他一样潦倒的书生。这一趟京城，方观承没白去，考试成功，后来，他做到了直隶总督、陕甘总督等要职。所以说，读了什么书，上了什么学，必要的时候去卖个猪肉也没什么，关键是自己心中的目标一定要明确，知道要达到什么目的，有了人生规划，从哪儿起步都不算低。

《苦榴花馆杂记》里说，方观承主管直隶布政司时，曾经回去找过卖肉的摊主，邻居说，他们夫妇都去世了，唯一的女儿也不知道嫁到哪里去了。“公言至此，泣数行下，座客皆为之改容。”

工作难找，但机会是很多的。放下架子，拓开点儿思路，不拘一格，死路就可能变活路了。张岱在《陶庵梦忆》里讲到过，南方的竹器、漆器、铜器和窑器，都是再普通不过的器物，做这些东西的工种也属于“贱工”，但嘉兴的腊竹王二、洪漆、张铜以及徽州吴明官的窑器，都能做到极致，都成了名牌，而这些工匠，也能“与缙绅先生列坐抗礼”。他的结论是：“天下何物不足以贵人？人自贱之耳。”

这话，能算是赠予后来诸位谋职者最好的一碗鸡汤吧！

小官记

宋元之际的书《癸辛杂识》中讲，长安城中有块青黑色的大石头，“其坚如铁”。不知道怎么，这块石头被称为“钉官石”，传说考中进士求官的人，拿个大钉子往里钉，如果能顺利地钉进去，则“速得美官”，否则就会饱受挫折，“不能快利”。简单两句话，表明古代人就把“官”和“利”联系在一起。求官求利之人，还真不少，这块大石头，迅速被钉满了。

为什么会这样？因为不做实官，总等着候补，日子会过得很惨的。想想看，没收入啊。于是大家就去钉钉官石，还有人穷惨了，就看着选官图吃白米饭——实在是没别的菜了。就算选上官，要是清水衙门也好不到哪里去。《梦溪笔谈》里有“旧翰林学士，地势清切，皆不兼他务”，但文官任职校理以上才有职钱（就是工资外的补贴），起草文书的内外制官没有，那叫一个穷，所以有人写了千言表章，请求外放做官，还把自己比作东方朔——当初东方朔当公车待诏时，也是因为俸禄微薄饿得差点儿死过去。

升迁，是自古以来绝大多数官员的渴望，原因之一，是因为穷。官本位的等级制度一直持续，什么级别有什么待遇，能获得怎样的交通、医疗、保安、住房、薪金待遇，都是规定好了的——甚至衣冠穿着，也有严格限制。没到这个级别，就是基层公务员。这种等级制度刺激着官员们拼命上行，就算不为高宅大院的生活，不为稻粱谋，也得图个面子。仍以宋朝为例，学士以上，可以有一个红衣仆人牵马，腰带可用黄金，但不能悬挂金鱼。可一旦进入两府（中书门下为西府，枢密院为东府，两府为政府核心的行政部门）任职，牵马的红衣仆人可以增加到两个，称为“双引”，除了金腰带，还能挂金鱼，叫作“重金”。想当学士的人，天天念叨：“眼里何时赤？腰间甚日黄？”等当上了学士，又念叨：“眼赤何时两？腰黄几日重？”

《东轩笔录》中说，有位夏侯嘉正，平生有两大理想：烧银和当知制诰。他常和人说：“这辈子能让我炼出一钱银子、当上一天的知制诰，就无恨了。”可惜，化学家兼官迷的理想，最后一个都没实现。另一位更有名气的人叫钱惟演，最高当到枢密使，称为使相，权力很大了，但有一条——他始终没有资格在朝廷任免官员的诏书上签字。钱惟演总是感叹：“要是能让我当上真宰相，在那张黄纸尽头押一个字，足矣。”

这两位其实都算混得好的，怎么也在统治阶级之列了。可进入职业官场，欲望总是被刺激着，没有止境。

欲望强烈，为升官当用尽各种手段。各种溜须拍马画线站队就不说了，有时候还要非常规。《封氏闻见记》载，武则天如意元年，要铨选一批官员。名单上有个姓方的、有个姓王的，哥儿俩听从了业内人士的建议，把自己的姓各减去一画，改成姓丁和姓士，准备拿到官职后再改回来。为啥啊？因为这两个姓当时比较稀少，笔画简洁，在名单上显眼，容易被看到。

谁承想，负责选拔的官员眼里不揉沙子，看了名单说："我看过铨覆的单子，大概几万人，就没姓丁和姓士的。这俩人，肯定是姓方、姓王。"虽说非常规，可技术含量不高，让人识破了，升官之路就此阻住。

也有命特别好的，莫名其妙就踩了命运的尾巴，稀里糊涂一步登天。例如，源乾曜，唐玄宗时期的宰相。不知道为什么唐玄宗特别喜欢他，从低微官职一路提拔至户部侍郎、京兆尹直到宰相，火箭一样的速度。有一天唐玄宗跟高力士闲聊天，就问："你知道我为啥这么快地提拔源乾曜吗？"高力士当然不知道了。唐玄宗神秘地说："没别的，就因为他的长相，还有说话的声音，特别像萧至忠。"

高力士就更不明白了。萧至忠是谁啊？也是宰相，只不过曾经是唐玄宗的对头，他是太平公主的死党，后来在唐玄宗收拾太平公主时，一起给杀了。高力士就问了："萧至忠不是辜负陛下的人吗？怎么陛下还老想他？"唐玄宗道："他老了是个糊涂蛋，但早年间刚当朝时，也算贤相吧。"

这段话记载在《次柳氏旧闻》中，用以歌颂唐玄宗求贤若渴宽容、大度。只是——有这么颜控求贤的吗？源乾曜当时可能做梦也想不到自己为什么当了宰相。不过这位宰相还好，为人老实谨慎，不那么张扬跋扈，竟然成了唐玄宗时代在位时间最长的宰相。

升官太难，难在命运无常。有人挖空心思也无法升迁，有人却得来全不费工夫。

因为要官的人多，升官的机会少，所以还催生出一种特殊的职业——卖缺。回到《癸辛杂识》，里面就记载了一位这方面的能人沈官人。据说这位沈官人“天下诸州属县大小员缺，无一不在其目中”，比大宋的组织部长还牛。他能根据人们的需要，指出门路，有些部门明明看上去满员，五年、十年也不会出缺，他就能料到去那里没错，果真，很快有人丁忧了，或者有人调离了。正因为有这本事，他“门外之履常满”。求他的人，还要先给钱物为质甚至立文约，官到确认付全款。他就以此为生，真是高人。

官员家也没有余粮

古代官员正经渠道的收入，就是薪俸。薪和俸是两个概念，薪就是工资，俸呢，有点儿类似于福利。早年间有级别的官员是要分封土地人口的，那就成了自己的产业，后来皇上发现这么干太麻烦，也不利于和谐，干脆，发钱或者发东西吧，这就是俸。薪是自己挣的，俸是国家给的。

薪多还是俸多呢？不一定。俞樾《茶香室丛钞》引查慎行的话说："本朝初年，满族官员支俸不支薪，汉官则薪俸并支"。刚打下天下来，财政紧张，满族官身体力行，理论上只是义务劳动，不拿工资。

当时薪水多于俸禄，以四品官为例，每季度薪水为三十两，俸禄是二十两。到了顺治甲午年，所有官员的秋、冬俸禄都停了，过了一年，汉官向满官看齐，也不拿薪水光拿俸禄了。

财政紧张，理应如此。但不拿薪水，也得干活儿，甚至得打打杀杀。

官员的钱也不是白拿的。府、州、县衙门，正对大堂门口，都要立块大石头，向南一面（冲外）是“公生明”三个大字，背面则是“尔俸尔禄，民膏民脂。下民易虐，上天难欺。”官员一坐堂办公，就面对着这十六个字。就算是形式主义吧，好歹还有个警醒。再后来，石头发展成牌坊，就是“公生明坊”。

刚入官员这一行，按现在的话说，是低级别的公务员，薪水低，而且很被人瞧不起。有一阵，宋太宗想搞搞调查研究，琢磨着就算是三班奉职（刚刚由“借职”转正的小官，分东、西、横三班，工作是在殿前侍卫、传话等），也应该叫上殿来，跟人家聊聊，体察下情况嘛。没想到遭到了大臣王禹偁的反对。王禹偁说：“三班奉职，卑贱可知，这种人都能上殿啊……”后来，“可知”就成了小官的代名词。不久后，王禹偁被贬为商州团练副使，官变小了，有次遇见个官员，拿不准对方职务高低，就上前跟人家叙位，没想到对方说：“我就是个可知。”王禹偁没听明白，问啥叫可知。对方说：“您说过的，卑贱可知。我这个官是代理的，就是可知。”弄了王一个大红脸。

宋朝明肃太后临朝的时候，喜欢派太监四处转悠，去官员家唠嗑儿，也算是一种对下属的体察吧。军巡判官（相当于市公安局副局长）孙良孺知道太监要来自己家了，立刻开始装——买了几十匹破布，杂七杂八堆在院子里。太监一进门，哎哟，老孙这是怎么啦？孙良孺说：“嗨，我不是有个女儿嘛，快出嫁了，我……买点儿布给女儿作嫁衣啊。”太监都晕了，怎么我们的官员过得都这么惨啊？回去跟太后一说，太后直叹气：“太清苦，太清苦了”，赶紧“厚赐金帛”。老孙就这么赚了一大笔，还落得个清廉的好名声。

万恶的封建社会，官员没有公车，出门想坐车、骑马可以，自己买，自己养。孙良孺不是“穷”嘛，就不花这个钱，要坐车、骑马就去租。租马行有个习惯，客人来租马，先问“单程啊，还是往返”，然后再讨论价钱。有一次孙良孺要押一个死刑犯去刑场，牵马人问：“您去哪儿？”老孙说：“去刑场。”接下来又问：“您是单程，还是往返啊？”结果周围哄堂大笑。这不废话吗？去刑场单程，那成什么了？

官当大了，有薪水有俸禄，当然还可能有灰色、黑色什么的收入，加上各种赏赐，就不是小官能比的了。南宋名将张浚就是这么一位有钱人。钱多了，怕家人乱造，就把银子铸造成大银球，《坚瓠集》中说，每一千两铸一个球，起名叫“没奈何”，就是没办法移走，也没办法用，比存银行安全。

所以说，就是身在官场也是有区别的，穷死的有，阔得没边的也有。

明朝成化年间，朝廷事儿不少。边疆经常要打个仗，京师还闹地震，皇上还要免钱粮，反正一通折腾，估计财政上有点儿困难了。什么都要从减轻皇帝的负担着想啊——《双槐岁钞》中说，御史李瑢当时负责监管内帑出纳，瞧见大内仓库里有不少绫罗、丝纱，特别是有好多古玩、老旧家具、字画、瓷器、锡器什么的，一直扔着，落满灰尘。他立刻上书皇帝，提建议，今年的俸禄就别发钱了，把这些破烂给发了吧。皇帝立刻回应：“可。”于是找人给估了值，各衙门派人领取，回去全分了。

这就叫各取所需吧？不识货的觉得挺亏，识货的都能占大便宜。美国的奥巴马政府曾经发不出工资，政府放大假，倒不妨学学这招，只是不知道能不能整出那么多玩意儿来。

官品就是人品

能随口说出“老百姓给脸不要脸”的官，大多是小官、地方官。心里想的，大概都是如何和老百姓周旋，老百姓告官就是刁民了。嘴上骂着，心里可能还觉得委屈、生气。大点儿的官，不这么直接，绝大多数时候，喜怒不形于色，毕竟是有修养。

今天不说大官，只说地方官，对老百姓特厉害的那种。

唐朝，宋州（今河南商丘一带）有位官员，叫赵在礼，这人就是个瞧不上老百姓的家伙。此在任上“所为不法”，老百姓都特讨厌他。终于有一天，他被调走了，人们奔走相贺：“哈哈哈，这回眼中钉被拔掉了。”当官当成这样没人缘，也够失败的。

没想到这赵在礼还是个特别喜欢顶牛的人，听到这话就急了，上表朝廷，要求调回宋州，朝廷还就真准了。赵在礼回去头一件事，就是收税——每天一千钱，叫作“拔钉钱”。

这也是秋后算账的一种吧?

这么干的不止一位。《江南余载》说南唐事，庐州主官张崇，也是这么一位。有一次张崇去京城了，老百姓传了个谣:“渠伊（他）一定是不回来了。”张崇知道后，回来就加了道人头税，叫“渠伊钱”。真是祸从口出啊。第二年张崇又去京城，这回大家不敢传话了，见了面就“捋须相庆”，结果张崇又回来了，再加税，叫“捋须钱”。

瞧，这还没完没了了。

官员嘴上没把门的，有种原因，就是素质不行，脑子有点儿秀逗。元末张士诚手下就有这么一位——吕珍。此人驻守绍兴，直接面对元军。有一天，张士诚手下的谋士送给吕珍一个小小的礼物——扇子。上面是谋士们写的诗、配的画。诗云:“闻说锦袍酣战罢，不惊越女采荷花。”这是夸吕珍呢，说他能打，瞬间就能打赢。打了胜仗，越女还在采荷，仿佛什么都没发生。

没想到吕珍看完生气了:“老子镇守前线，万死锋镝间，怎么能为了照顾女孩子不去惊吓她们呢?见则必杀之。”得，驴唇不对马嘴，说的不是一个次元的事儿。

还有一位姓李的元帅，打了胜仗。有个读书人写诗赞颂他，其中有一句:“黄金合铸李将军”。这是夸他像古代名将李广呢。没想到这位李元帅急了:“老子拼死、拼活这么多年，以后才得个将军吗?老子今年刚升了元帅，怎么能又让我当将军啊?”二话不说，让人把献诗的读书人给叉出去了。

这是没文化。人家刚起义没来得及提高文化素质，还有情可原，要是总这个水平，几十年如一日，就算不得好官了吧?

其实也不是全傻，该精的时候，精着呢——得看对谁。比如对待上司吧，上司的一颦一笑一举一动都记在心里，察言观色的本领可强了。晚清时有篇讽刺小文，专说官员百态：

一曰鸦集，喻集公所候见也（在办公室外等候着上司接见，像乌鸦聚集一样）；二曰鹊噪，喻同人之嬉笑也（官员们好久不见聊会儿天，像喜鹊喳喳叫唤）；三曰雁行，喻站班也（上班了，大家像大雁一样排好队）；四曰凫趋，喻传进见也（上司接见了，像鸭子一样快步走进去）；五曰猴饮，喻待茶也（在领导面前喝茶像猴子）；六曰狐听，喻茶罢之候谕也（听上司讲话要像狐狸一样）；七曰蟹行，喻谒见后退出也（像螃蟹一样侧身窸窸窣窣地退出，恭敬之情溢于言表）；八曰虎视，喻轿中之作威怒视也（进了轿子，虎目圆睁，对下人厉害起来，媚上欺下之态显露无遗）。

瞧瞧，对上司的卑微谨慎和对下属百姓的不怒自威，往往是相伴相生的。用时髦的话说，这就是角色扮演，又叫有眼力见儿。

当然，也有自我膨胀得谁都不放在眼里的人。

话说咸丰年间，江苏布政使王有龄，就是这么一位。他膨胀到什么程度呢？去见上司巡抚赵德辙，“仰面朝天，言如泉涌，但自陈其所办之事，而不请示焉。”赵德辙拿他真没辙，最后竟然称病辞职——人和妖都是爹妈养的，实在是受不了啦。接替老赵的是徐有仁。这位徐有仁知道王有龄跋扈，就想杀杀他的威风。

王有龄有个嗜好——吸烟。见徐有仁时，左右各有一位仆人伺候着，一人捧着一个白铜水烟筒，轮着装烟，往他手里递。徐有仁一见面就说："你都当了布政使了，还不知道官场的规矩吗？藩司拜见巡抚，只准吸旱烟，不准吸水烟。"还没容对方反应过来呢，就冲仆人一挥手："你们俩，下去。"

真是出其不意，王有龄没反应过来，愣是一句话都没说出口，"丧气而出"。

膨胀了，眼里没上司，官场互掐，不过仇都记着呢，看以后有没有机会了。徐、王二位，最后都在和太平军的作战中战死，这段过节也就到此为止了。

当官，实际上是做人。心里想着自己是父母官，把老百姓看得低一辈儿，就会挂相，言语行为，也就时不时流露。这都是必然的。古代这种认识天经地义，到了现代社会，就得改改了，公仆就是公仆，老想自己是爹妈，想替百姓当家做主，这个意识是清朝以前的。而且，素质也得提高，有精力学点儿文化，别老憋着吃喝玩，净琢磨赚钱，这样轻则让人笑话，重则千夫所指。要是这么留名史册了，确实——不好看。

现金才是磨人的小妖精

金箔两万九千二百五十片、金钱六十辫、马蹄金一万五千七百二十两、瓜子金五斗、生金罗汉五百尊（各长二尺五寸）、金酒器六千七百三十两、钗钏金一百四十三片、金束带十二条……这是南宋安远军节度使苏师旦被抄家时搜出的“现金”，看上去煞是壮观。这哥们儿一辈子依附权臣韩侂胄，《四朝闻见录》里说，当时他被当地郡守叫去“喝茶”，还以为朝廷要起用自己呢，直到被绑赴刑场，还念叨着：“太师（指韩侂胄）就这么忍心吗？”他不知道的是，那时候他的靠山“大老虎”韩侂胄已经死了。

值得一提的是，此前苏师旦一直是以廉洁、贫穷的形象示人的，他甚至把自己的老板韩侂胄都给蒙了。他的伎俩之一，就是以生活困难为名，向韩侂胄借钱，韩侂胄也经常从自己的薪金中拿钱给他，还觉得他人实在。殊不知，那时候苏师旦在外气焰熏天，有谁想见韩侂胄办事，都要向苏师旦行贿。苏师旦就靠这一手，在家中囤积了大量现金。

喜爱现金，是许多官员的共同特点。某官员家里出现上亿元现金，用坏四台点钞机，就有评论说：官员对现金的追求，到了变态的程度。心理学家分析变态的特征，就是眼里只有某物，根本不会顾及周边反应。用通俗的话讲，就是我的眼里只有你，掉钱眼儿里去了。

变态的表现形式，除了令人惊愕的囤积以外，还有不择手段的搜刮。比如，元至正三十三年，蒙古大军彻底平灭南宋后，丞相伯颜就命令对南征大军将士的行李进行搜查，目标是他们抢来的散碎银子。这些散银子集中起来，被铸成五十两一锭的银锭，上铸字号，叫作“扬州元宝”。归朝之后献给元朝皇帝，后来元世祖赏赐皇亲国戚，都用这种“扬州元宝”。此事载于《南村辍耕录》。

更过分的事情发生在清朝。清军攻陷南京后，太平天国忠王李秀成率残部奔逃，结果在山中遇到了几位樵夫，被认了出来。当时李秀成身带现金，他表示，如果能帮忙带路到湖州，可以付给他们三万两银子的报酬。樵夫们犹豫不决，因为他们看到了李秀成的行李，估算里面的珠宝，大约在十万两之多，更何况，把李秀成献给朝廷，还会得到更多赏金。和李秀成开出的价码相比，似乎向清朝告密合算一些。

樵夫中的一人立刻出发告密，结果在半路上遇到清军萧孚泗部，还碰上了老乡——一名伙夫。樵夫将秘密告诉伙夫，伙夫告诉了亲兵，亲兵报告了萧孚泗，萧一面让人请樵夫吃饭，稳住他，一面带数百人出发，生擒了李秀成，“尽收其珍宝”。之后，便准备杀掉樵夫灭口。幸亏有这名伙夫，事先得知消息，分了樵夫五颗宝珠，给了他一匹马，让他赶紧逃命，这才躲过大劫。而萧孚泗因抢到生擒李秀成之功，获封一等男爵。

后来，此事原委被曾国荃知道，可能觉得有点儿对不住樵夫吧，私下拿了八百两银子，让亲兵交给樵夫们分一分。结果是，亲兵们先把银子分了，八名樵夫最后一共得到了赏金五十两。这则《庸庵笔记》中的故事现在读起来挺黑色幽默的，如果改成时髦的小学生数学题，题目应该是：请问一共有多少人喜爱现金到了变态的程度？

至少在唐朝，就有关节、梯媒这样的词儿。想找人办事，那就得找梯媒通关节。唐代宗的首相元载，当年权倾一时，他的小妾薛瑶英、丈人薛宗本、大舅哥薛从义等人，都是关节，而丈母娘赵娟的相好中书吏卓倩，则被称为梯媒。所有的贿赂，都是通过这个关系网展开的。《杜阳杂编》一书中细致地描述了这个关系网，只要是薛家的事情，元载“未尝不颔之”。

通过亲属收上来的钱巨多，元载被抄家，也搜出了大量“现金”——五百两钟乳（壮阳药的原料）和八百担胡椒（有人折算合六十多吨）。他攒那么多胡椒干什么呀？因为唐朝胡椒是硬通货，相当于现金，有时候发薪俸就直接发胡椒。

行贿受贿、疯狂敛财，是个互相关联的事情。谁都有求人的时候，谁也有被求的时候，所以多大权势，都得行贿。《世载堂杂忆》中讲，慈禧太后垂帘听政，最有发言权的人就是恭亲王奕䜣了，可恭亲王要见太后，也得贿赂太监，递红包。红包递多了，自己庄产再多，也有经济压力，于是他也找老丈人想办法。这位老丈人是他某个福晋的父亲，是总督，于是他们“得门包充用之法，财用虽足，而贿赂公行矣。”

那时恭亲王势大，慈禧也心怀忐忑。正好御史蔡寿琪弹劾他贪污，慈禧抓住这个把柄，差点儿把恭亲王办了——要不是外国公使们对此表示了关切，恭亲王就没有以后了。

元朝晚期，还有一位太师丞相伯颜（不是前文提到的灭宋的伯颜），这位更是一个贪财的大贪官。他倒台后被贬外地，死在半道上。当时停棺于馆驿，就有人偷偷溜进去，在墙上题了首诗。诗云："百千万锭犹嫌少，垛积金银北斗边。可惜太师无运智，不将些子到黄泉。"

贪那么多钱，运不到阴间去，有什么用呢？其实道理谁都懂，可这帮人变态了，脑子里没别的了，又有什么办法？

《挥麈后录》里说，蔡京年纪大的时候，总觉得子孙不成器，想找个好先生教教他们。有人推荐了张觷。张觷教了几天，突然对这帮"官三代"说："算了，别的也别学了，你们就学跑吧。"孩子们问为啥，张觷说："你们的爷爷奸慉以败天下，丧乱指日可待，你们只有赶紧奔窜，也许可以脱死。还问那么多干什么啊？"

这一招，现在不少爱现金的官员们已经十分稔熟了。

孙子们哭着去爷爷那里告状。蔡京什么都没说，只是心下不乐。

后来，蔡京摆酒请张觷吃饭，询问该怎么办。张觷说："目前赶紧收拾人心，以补万一。不然来不及了。"

一句话把蔡京给说哭了。

几多英雄败，都在奢华间

古往今来，但凡官员文人，谁不想要个大宅，要个花园呢？这就是一个结。人显赫时，结都在心里，栽倒了，就发现，绊就绊在这个结上。

随便捋一捋，不少达官贵人、英雄豪杰，都有这事儿。

赵鼎是南宋初年的中兴名相，因为受了秦桧的迫害，最后死了。在历史上，他一直是刚正不阿的形象。史书上说，有一天赵鼎看见内侍正往临安皇宫中移栽竹子，就生气了，上前训斥这几个倒霉孩子："汴梁艮岳花石纲之扰，就是你们这帮人干的。现在是想重蹈覆辙了吗？"

话说给内侍，实际上是让皇帝听的。宋高宗知道了，"改容谢之"，也就是向他承认错误。按理说，赵丞相也算是勤俭节约的典范了。

可是英雄难过豪宅关啊。明朝的《六砚斋笔记》却写道：赵鼎当上了丞相之后，也没扛住，觉得丞相府太小了，给自己修了一座豪宅。其中设置了一个大堂，奇花异木，遍植大堂周边。大堂的四个角落，还各放了一个大香炉。赵鼎在大堂里办事时，四个香炉开始焚香，氤氲缭绕，四股烟气交汇于座位上空，谓之“香云”。据说每天的香钱，就有数千缗。

这简直是拦不住的膨胀啊。也有人说这是对赵鼎的造谣陷害，但有豪宅的证据，到底也没拿出来。

说起大宅子，明朝万历年间的重臣申时行也挺有名的。他一共有八处宅子，分别在衙门前和百花巷，还都编了字号，它们是：金、石、丝、竹、匏、土、革、木。

有没有打算把自己家弄得跟皇宫一样的人呢？当然也有。这个人叫吴曦，是南宋的将军。吴将军在首都临安的时候，就找人把皇帝用的车、仪仗之类全都画了下来，打好了包。有人问老吴你要这个干什么啊？他回答：“拿回去，给孩儿们看了，消灾减罪。”

然后，吴曦去了四川，造反了，差点儿把风雨飘摇的南宋给颠覆了。

为什么中国人总对房子看得那么重？因为人人都有个田园梦想。唐伯虎那么穷困潦倒还弄个桃花庵呢，结果后人就把他描绘成一个游手好闲的“富二代”，其实根本不是那么回事。

唐朝、历朝历代都有不少大富翁搞豪宅，如郑骆驼、王元宝和沈万三之流，这就超越了田园模式，上升到穷奢极欲了，当然人家用的是自家赚的钱，道德指摘似乎也勉强，就这样还有让皇帝给办了的呢。官员们则是八仙过海各显神通，搞自己的大宅子，有攒钱的，有贪污的，也有皇帝赏的，下属孝敬的……总之，除了那些特讲名声的清官之外，都要给自己弄个大宅子当最后的退路。最倒霉的一位叫陈秀公，这位当过北宋的节度使，当了丞相，在润州给自己建了个巨大的宅子，极为宏壮，“池馆绵亘数百步”。只是宅子建成之日，他已经病入膏肓，只能让人用肩舆抬着，上了西楼……然后就去世了。人人都说，陈秀公自己的房子，是个三不得宅：不得住，不得修，不得卖。

南宋主持北伐最后大败而归的权臣韩侂胄，是个建大宅子的能手，“凿山为园，下瞰宗庙，穷奢极侈，僭拟宫闱”，不仅把自己的园子建在太庙的山上，家里举办宴会还扰民，到什么程度呢？皇宫里都能听到他家的宴乐之声。据说他在南园中还挖出了一眼泉水，和客人们临泉吃饭，发现泉水中的石壁上刻着字：唐开成五年道士某某某题名。合着这还是一眼几百年前的古泉，所以起名叫阅古泉。另外还有一个区域，叫“归耕之庄”，弄得和农村一样，搁现在就是一影视基地。竣工之时，韩侂胄去视察，念叨了一句：“遗憾啊，没有鸡犬之声。”结果一转身，后面就有人学鸡叫了。

总之，韩侂胄的宅子，那着实是天下第一，“自绍兴以来，王公将相之园林相望，莫能及南园之仿佛者”。他的好哥们儿陆游老师还专门给他写了《南园记》。

然后他就北伐失败了，金朝人点名要韩侂胄的人头作为讲和条件。这边南宋朝廷还犹豫呢，就有大臣先动手，把他刺杀了，然后抄家，人头送走……

在韩侂胄的卧室里，大家有了发现，就是他用香楠木罗列成用兵的阵势，把床给围了起来，怕的就是被刺杀。但身败名裂这种事，是楠木围床能拦得住的吗？

当然，韩侂胄还不是宅子最牛的人。最牛的人，当属大家熟知的和珅和中堂了。

和珅倒台的时候，有一份抄家的清单，这里面对和珅的宅子记载得最清楚：正屋一所（十三进七十二间）、东屋一所（七进三十八间）、西屋一所（七进三十三间）、徽式屋一所（六十二间）、花园一所（楼台四十二座）、东屋侧室一所（五十二间）、钦赐花园一所（楼台六十四座、四角楼更楼十二座、更夫一百二十名）、杂房（一百二十余间）。

瞧，这才是真正的"房爷"。

至于金银财宝，那就数不胜数了：重一百两的金元宝有一千个，金面盆五十三个，金唾盂一百二十个，赤金五百八十万两，生沙金二百余万两，长一尺八寸的金罗汉十八尊……至于镶金器皿、银子、玉制品、洋钱洋货、人参皮子、古董古玩，更是堆积如山。这还没算他的田亩、产业。

按说一个人奋斗一辈子，到老积累点儿财富，置个宅子，并不为过。只是欲望有时候没头儿，不是自己的也拿，拿惯了也不觉得有什么，最后堆积如山了，回头看，斑斑点点都是罪过。

交通记：争路上千年

话说，唐玄宗天宝年间，正是朝廷上下最嘚瑟的年代。《明皇杂录》记载，当时兴公主们向皇宫进献美食，类似于现在的美食大赛。“水陆珍馐数千，一盘之费，盖中人十家之产”，朝廷还特意任命太监袁思艺为“检校进食使”，就是评委会主任。好吃的罗列道旁，盛况空前，显摆呗。

然后有个下朝的中书舍人窦华，特别作，不知道怎么就闯进了街上的美食阵。按理说走错路了，麻溜下马绕行呗，他不，继续走，还吆喝，那态度就把太监们惹恼了。大伙一人抄起一根棍子，数百人向窦华打过去。窦华狼狈逃窜，“仅以身免”。

不打馋的，不打懒的，专打不长眼的。

这是文字记载的著名的交通冲突，但不是后果最严重的。

最严重的那一次，在南宋，把皇太子给吓死了。

主角是宋孝宗的大儿子赵愭，当过右监门卫大将军、荣州刺史、蕲州防御使、永兴军节度使、少保，封了王，后来立为太子。才二十多岁，风华正茂的年纪。那天朝廷举办活动，回来要走贡院路——可那天也是太学生考试，贡院路上人山人海。宰相陈俊卿就比较聪明，走了小路。这太子不知道啊，直奔贡院路而去，就堵了。

南宋的太学生都是很牛的，动不动就去皇宫门口跪着，要么要求换宰相，要么要求各种待遇，谁都让三分。这回一帮太学生横在太子车前，走不动了，太子拿着金吾杖"呵止之"。学生们恼了，这叫什么态度啊？于是大伙儿一拥而上，把太子的金吾杖给撅了，"围车发喊雷动"。这一闹，彻底把太子镇住了。回到家，"庄文（太子谥号）惊愕，得疾薨，上甚痛之"。

这是《四朝闻见录》说的，交通冲突，吓死太子。

交通冲突，源自道路资源少，要是一人一条道，就没冲突了，可这是不可能的。避免冲突，需要讲秩序。古时候没交通法，秩序是按等级定的。谁是皇亲国戚，谁是高官巨贾，占有的资源就多，别人就得让着。这种秩序的规定看上去很细致，谁能骑马谁能坐轿，是坐四抬的还是八抬的，轿子是什么颜色，车马伞盖是什么颜色，都有规定，不可僭越。但其实并不细致，打擦边球行不行？级别相同了谁让着谁？心里不服气了还让不让？人要嘚瑟了就不想让怎么办？……诸如此类，都是引发矛盾冲突的诱因。

还是南宋，嘉定年间，言官郑昭先提了条建议，内容是整顿交通：在首都乘辇车，除了大臣外不能用青盖——这条建议纯粹是为提而提，仅仅是因为轮到他提了，他又不敢指摘别人，想想交通上不会出问题吧？就提了，还被皇帝批准执行了。

万万没想到，就这么个不疼不痒的交规，惹了个大麻烦。都说了太学生很牛了，一瞧这新规，不成，得叛逆。于是想出个办法，用黑绢做成小伞，在街上打着走。这种小伞实际上是卖冰水小贩搁在担子上用的，太学生一打出来，非常吸引眼球，据说“笑果”十足。执法的官府衙役一瞧，违规了啊，连打伞的仆役加小黑伞，全带到市政府（京兆）去了。当时任市长（京兆尹）的程覃二话没说，打了仆役的板子。这下捅马蜂窝了，太学生们第二天到处上访告状，害得程覃四处辩解，越辩解，舆论压力就越大。太学生们还给程覃写了个小传：程覃，字会元，一字不识，湖徽人也。程覃老家徽州，住在湖州，所以是湖徽人，而湖徽与“胡挥”同音，“胡挥”是当时的俗话，大意是啥都不懂还强词夺理。

汹汹舆论之下，朝廷官员们死死压住状子不上报，心说了，上任京兆尹就是你们这帮人给弄下去的，总不能连罢两届市长吧？

结果，学生们来了个大罢课，“学为之空”。

终于，这事还是惊动了皇帝，程覃还是免职，去搞农业了，太学生们复课。

所以说，交通上的事，还真没不疼不痒的。对交通资源的争夺随时都存在，只不过是以不同方式表现出来——而且，这种表现往往不由自主、欲罢不能。

比如说明朝嘉靖年间，皇帝的办公地点主要在西苑（现在的中南海附近）。出入不便，重要的大臣们被允许骑马入内。偏偏翟銮、夏言两位，觉得自己资格老，每人弄了个“腰舆”，坐着出入，舒服多了，可却是特权，而且还是皇上没给的特权，“上大不怿”。《万历野获编》中说，后来这两位一个被削籍，一个被杀，在这儿就埋下伏笔了。

严嵩当权期间，内阁权势很重，不把政府六部的尚书们放在眼里，坐着肩舆相遇了，六部首长必须让着内阁大学士。结果，在路上六部让内阁成了规矩，即使严嵩倒台了也没改变。后来吏部尚书陆光祖“改正之”，六部的人不用避让了，改成躲了——陆光祖吩咐自己的舆夫，见着内阁的人立刻拐弯绕道，根本不给相遇的机会。这样一来，不就没冲突了吗？

可后来的尚书孙丕扬不知道啊，没跟舆夫叮嘱到位，路上迎面遇到了内阁官员张位。孙丕扬还算知道官场潜规则，赶紧下来作揖，手还没抬起来呢，就见张位拿扇子把脸一遮，假装谁都没瞧见，扬长而去。这可把孙丕扬气坏了，就此和张位成仇。

后来内阁由叶向高独揽权柄，又被孙丕扬遇到了。孙丕扬想起前事，立刻叫舆夫回避。他这么一躲，给叶向高留下了特别好的印象，从此以后，孙丕扬的事在叶向高那里一路绿灯，官运也亨通起来。到后来，孙丕扬官职显赫，连叶向高也得求他，打算送条玉带给他，又怕他不要，还得先托人去问问。孙丕扬答应了，这才把玉带送过去。

说来说去，在传统的社会里，交通资源的分割都是按照权势与社会地位来的，交通工具则是权势级别的标志，解决交通冲突的办法，也基本需要动用权力，也正因如此，一直没解决好，要解决也得付出更大的代价。到了现代社会，从理论上来说，资源不靠这个划分了，有交通法在那里摆着。只是原先的习性，依旧还流淌在血液里。车大一点儿，品牌好一些，车牌牛一些，或者有个特殊的标志和通行证——甚至什么都不需要，驾驶者自己优越感强点儿，觉得自己比别人更金贵、更值钱，这特权的底子就出来了。至少，在我们这里，这是交通冲突的重要根源，和男女无关。

禁令癖培养出禁令依赖者

这儿有一份圣旨，是朱元璋发的，发布时间是洪武二十二年："学唱的，割了舌头；下棋打双陆的，断手；蹴圆者，卸脚。"这记载在《万历野获编》里。

明初百废待兴，苦出身的朱元璋可能特别痛恨玩物丧志，所以有这么一道严厉的禁止令。当然这样的禁令管得了一时管不了一世，现在唱歌的都是头条，下棋的猛赢韩国，就踢球的还不争气，但也初步摆脱了人人都骂的境地。

动不动就下禁令，是中国古代统治者的习惯，比较早也比较有名的是焚书坑儒。"天下敢有藏诗书百家语者，皆诣守尉杂烧之"。这之后就是汉朝的罢黜百家独尊儒术。再后来，毁佛灭佛的事情也反反复复。至于生活文化的禁令，则更频繁了——比如古代人民喜好的运动打马球，曾经是皇家运动，唐玄宗特别擅长。但后来的皇帝，认为有悖于节俭形象，就下令给禁了。好在这项运动在军中比较流行，到了行伍出身的赵宋王朝，又成了皇家公开提倡的、最流行的运动。

清明寒食，古时候是要禁火的。理由简单又荒谬，如果不禁火，则会招致风雹之灾。《癸辛杂识》中说，北宋之时，禁火曾到了严苛变态的地步，要禁七日。村中领导还要检查，检查的方法是用鸡毛探查灶灰。鸡毛扫过，如果变焦卷曲，是要罚钱的。家中有病人或老人，实在需要生火做饭，则需要到介公庙去占卜，吉利，那么可以燃木炭，但不可冒烟（这技术很难拿）。不吉利，则死也不敢用火。有的人家，只好把冷饭放在日头下面晒，或者装罐，埋在牛马粪中保温。这么严厉禁止，给生活造成巨大的麻烦，似乎没什么圣旨要求，完全是民间自发要求的。禁火本是对介子推的纪念，后来以讹传讹，就发展得毫无逻辑了。

其实，我们一直生活在禁令严苛的环境中。这些禁令，大多以命令的口吻，不容置疑地下达，独立于法律之外，却又不得不执行。这和儒家的思维有关——如儒家认为“郑卫之声，桑间之音，此乱国之所好，衰德之所说”，所以历朝历代，凡是认为自己高大正的皇帝，无不把靡靡之音当成攻击对象，能禁就禁了，以此显示自己的存在。这一类的文化产品还包括小说，尤其到了明、清两代，《剪灯新话》、《水浒传》乃至《红楼梦》，大多属于严禁之列，后来它们最终多被认为是人类最优秀的文字。大一统的思维和儒家自视为正道的习惯，是骨子里传承下来的，更何况被奉为正朔的儒家，本身就是各种禁令的受益者。

因为文化程度和掌握的信息量有差别，民众是盲从的。所以，无论是维持秩序，还是破坏秩序，古代的皇帝都必须掌控住舆论，一个是为了避免引起不测，另一个则是要尽快引起变化。禁限令加上舆论控制，简直是绝配。

古代人治的社会秩序如此脆弱，一句谶语、一首儿歌都能引发社会动荡，难怪各种禁令满天飞了。

儒家讲究上下尊卑有序，官员习惯把自己当父母官、牧者，视百姓为子民，认为大家是受教育、受归化的对象，而很多老百姓，也习惯把官员看成青天大老爷。这种思想首先造成的后果，就是官员习惯为了某一目的，直接干涉老百姓的生活——包括经济生活。初衷可能是好的，但方式极其不现代，效果也不现代——民间几乎没有异议。

另一个后果，就是造成了整个社会的“禁令依赖症”。禁令的习俗是如此之长，已经让很多人习惯生活在有禁令的环境中，即便没有禁令，自己也会制造禁令——也就是所谓的忌讳。比如，《菽园杂记》中写的“民间俗讳，各处有之，而吴中为甚”。过分到什么地步呢？坐船不能说“翻”，也不能说“住”，所以通常人们说的“箸”，就改成“快儿”，也就是现在所说的“筷子”，而“幡布”也得改称“抹布”。说话不能有“离”和“散”，因此“梨”改称“圆果儿”，“伞”改称“竖笠”；生活不能“狼藉”，“榔头”要叫作“兴哥”，为人不能“焦躁”，每年“祭灶”要说“谢欢喜”。诸如此类，有些用词和习惯一直流传至今。而现在人们送礼，不愿意送伞、钟、鞋子和镜子，挑车牌忌讳“4”，无春年不结婚，也是这一类莫名其妙的“禁令”欲望作怪，自己给自己画圈儿，其实根本没有任何习俗依据。很多人遇到自己看不惯的事情，还特别热衷呼唤禁令，要求政府以禁令的方式来达到自己的意愿要求政府出面，以非法律的形式来约束同类的行为，制定一个又一个生活中的限制。

这就好比电影《禁室培欲》，本来是被迫被囚禁，关着关着，成了享受，燃起了欲念，还不想走了。外国人管这个叫作“斯德哥尔摩综合征”。

维持秩序，是每个社会都要做的事情。现代化的社会管理也有“禁令”，但都是通过法律程序发布的。看上去效率虽然低，但接受程度大，也更加合理，少了偏向和随意性。落后的管理体制就没谱了，禁来禁去的，一阵大风过去，也许什么都没了。

第二编

江湖

古人看太空

现代人坐着神舟去太空了，可以从更高的角度看地球、看宇宙。其实古人也没闲着，一直仰脖儿望星空，琢磨这天地是怎么回事儿，还真琢磨出东西来了，就只论中国，就有好几种学说。

最早的一种，叫盖天说。《周髀》提出来的，意思就是天圆地方，天像个圆盖子盖在地球上。这观点一直是主流，直观好记，也好解释。

另外一种，叫浑天说。因为有浑天仪，所以比较著名。这个事情战国时期就有人提出来了，东汉张衡又强调了一下，他说地球是圆的，天也是圆的，天像个鸡蛋壳一样包裹着地球，地球就在中间像蛋黄飘啊飘的，转啊转的。天地之间是什么啊？气。这个，已经比盖天说更接近真相了。

第三种，宣夜说。也挺有意思，说天是没形状的，也不是任何物质，反正——它就在上面，无穷无尽，高不可测深也不可测。日月星辰就飘在天上，而已。

昕天说，也叫轩天说。认为上天是南高北低的，好比车上的盖子。

穹天说，跟浑天说差不多，唯一的差别是，浑天说认为天是个整圆，穹天说认为天是个半圆。

方天说，这个观点是东汉王充提出来的，有点儿二。他觉得天和地都是方的，中间相距六万里，各自厚度是无限的。不同的是，天能旋转，地不能动。这个说法有想象力，当然差得比较远。

还有一种安天说。就是说啊，天地是方是圆，这个不重要，但它们的形状应该是一样的。天包着地，天高无限，地厚也无限，天地各自有各自的运行，天上的星辰移动，和地上的江河移动差不多——这么说，不算玄吧?

反正各有各的道理。把上面几种说法捏到一块儿去，就接近真理了。可惜，古人没有强大的观察天体运行的家伙什儿，也不能飞，怎么说都差着意思呢。可琢磨钻研的精神还是值得鼓励的。

然后呢，就有一位出场了。这位叫薛福成，清朝同治光绪年间人。他在自己的著作《庸盦笔记》里讲了个故事，这个故事神神怪怪，可细想起来还挺科学。

他说，明朝万历年间，一书生正在外面旅游，忽然接到家书，他老婆去世了。他很爱他老婆，认定自己老婆是仙女下凡，就打算去修仙学道，终于在王屋山遇到了仙人。仙人说自己是钟离师祖，接着就跟他聊起了宇宙太空，头一句就不凡：我们所站立的地面，方圆九万里，浮于太空中，如沧海之一粟。

这就把天和地说到一块儿去了，靠谱了。

接着说：地之所以能浮在太空中没掉下去，是日之阳力所吸，咱们现在看到的太阳，吸住二百多个大地没问题。吸住了，就终古旋转不息。吸住的这些地，有的比我们的地大千百倍，有的又比我们小很多。

这几句，活脱脱说出了一个太阳系啊。

然后呢？太空中还有好多这样的太阳、好多这样的大地，目力所及，九重天之内，至少有八百多个太阳，一个太阳，吸住上千地球也不新鲜（确实用的地球这个词）。这就是佛家所说的，三千大千世界。你仰望星空，一星就是一地，光特别强的，就是一个太阳。因为距离远，我们看不到的地球和太阳，不知道有多少。佛家所说的三十三天，是按苦乐等级分的，儒家所说的九重天，是按距离远近分的。其实我们的地外面，千倍万倍万万倍，全是各种太阳，各种地，无穷无尽。

书生惦记着见到他老婆呢，就问天宫在哪儿。

钟离师祖解释说，佛家所谓极乐世界，就是道家的兜率天宫，儒家的第一重天。大地是肉界天，天宫是无色界天，俩地方。神仙都是从无色界天出来的——用今天的话说，就是外星人。

聊了好半天，钟离师祖拿了一枕头出来让书生睡觉，然后摄了他的元神，“蹭”地一下，就奔了外星了。那地方花朵比车轮都大，还有包括凤凰在内的各种鸟类，当然，书生也见到了他老婆，果然是个仙女，俩人还说上了话。

钟离师祖告诉书生，各个太阳吸住的地球，总共有十万之多，因为轨道会运行到极寒之处，所以每一个都有开辟到混沌，再由混沌重新开辟的周期。这里的上帝主宰一切，需要开辟了，就派个人去完成任务。比如说我们那个盘古开天地的地球，来回都开辟了十几次了。说着，他们还参加了一次典礼，在那里书生还看到了古往今来的很多名人（全是中国人）。

钟离师祖说，在这个理想的星球上，人们都是朋友关系，已经没啥肉体欲望了。一旦有了肉体上的想法，就会贬到地球上投胎（比如你和你老婆），了却夙愿了再回来（地球难道是个度假乐园？）。如果有作恶的，就会被罚到一个很恶劣的星球上去，那里就是所谓的地狱。最有意思的是他们还逛到了一个书院，那里有无数史学家正在编书，因为上帝要搞一套十万地球历史总汇，资料的文字就有九百余万种。

后来书生就醒了，发现自己回到了地球。

抛去杂七杂八的故事描述，可以发现，这里面的宇宙观、盛衰周期观，都那么现代。

要说这个故事是薛福成自己编的，打死我也不信。查查薛福成的生平就了然了，此人曾为曾国藩的手下，后来帮李鸿章做外交洋务，肯定接触了不少西方的书籍，肯定是看了西方的天文书才弄出了这样一番说辞。后来，他还成为清朝出使英、法、比、意四国的大臣。这本书，就成于他出国前后的几年间。

那么，他为什么要把正经的天文知识，包装成神仙志怪言情段子拿出来呢？这也只能猜了——也许，只有这么写，才符合当时的主流社会情趣，不会被视为异端吧，也许只有这么写，才能被当时的老百姓所接受。

也就隔了一百二三十年，人类已经有了自己的天宫一号了。那个九重天中间的极乐世界，估计也快找到了。

古人过的『现代生活』

器成千里号，机巧擅奇功。
辨制疑横吹，呈材认卷铜。
不妨时告密，最便是从戎。
私语喁喁处，繁言啧啧中。

看出来是啥了吗？这个东西叫“寄话筒”，清朝前期有个叫江慎修的学问家已经在用了，学者俞樾把它称作“千里叫”，还做了个解释：“按今日西洋人所制有曰德律风，殆即其类。”

寄话筒也好，千里叫也好，这东西是江慎修他们自己琢磨出来的电话雏形，还是干脆从西洋人那里淘换出来的新鲜玩意儿呢？江慎修生于1681年，卒于1762年。而第一部电话机是1876年在美国开始使用的。你说呢？

不能说什么都是中国人发明的，但说中国人琢磨过这个，总没错吧？

现在再说另一个小玩意儿——门铃。有本书叫《桥西杂记》，清朝人写的。里边说了，宋朝人陈雍在自己家门上挂了个大铃铛，旁边还贴了张条子，写着“没钱雇仆人，客人来了自己拉铃”。这算是最早的门铃雏形了吧？到了清朝，这种门铃已经很普遍了，“京师居民往往系长绳于门楣间，而缀铃于门内。复书于门：‘某姓，拉铃。’犹其遗风也。”

后来，俞樾又找到了门铃更早的出处，唐朝翰林院门口就有悬铃，“引之以代传呼”。得，门铃的历史，又往前推了几百年。

然后，再来说说出租的交通工具——当然不是说有出租车了，而是有出租的轿子。宋朝有书记载，“靖康二年正月二十九日，送戚里权贵女于金，搜求肩舆、赁轿之家，悉取无遗。”说成大白话，那阵金兵打到汴梁城下了，宋金议和，要赔人家多少钱。没钱怎么办啊？拿女人折算，帝姬多少钱一个，公主多少钱一个，王妃多少钱一个……然后就用轿子抬出城外，送给金兵。看来人数是不少，把租赁轿子的店铺都给清空了。没想到啊，出租轿子的原始记载，这么凄惨。

顺便说一句，古代官员坐轿子是有等级的，谁能坐八抬谁只能坐四抬，谁能坐绿色的谁只能坐蓝色的，都有详细的规定。但别管坐什么，公家不给买，自己掏钱。没钱怎么办啊？去轿肆租，也是自己掏钱。

不光有出租轿子，还有快递，叫作驿传。

《梦溪笔谈》中说，这样的快递分三种：步递、马递、急脚递，以急脚递为最快，日行四百里。比这个还快的有吗？有，叫作金牌急脚递。所谓金牌，就是在刷了朱漆的木牌上，写金字，快递员举着，在马上一晃，跟闪电一样，路人得纷纷避让。金牌急脚递的速度是日行五百余里，往往用于传递紧急军情、调动部队。看这颜色就知道，金牌急脚递是皇帝专用，三省枢密院都不能使。所谓十二道金牌召岳飞，就是皇帝给岳飞连发了十二次金牌急脚递。

但到了北宋的对头金朝那边，规矩就又不一样了。金朝的快递分成金牌、银牌、木牌三种，据《攻媿集》记载，木牌倒是最快的，日行七百余里。而在吐蕃呢，就不叫驿传、驿骑这样的名字，有个更为小资一点儿的称呼——“飞鸟使”。

古代还有经纪人。

“经纪”这词儿从哪儿来的？从唐太宗李世民那儿来。李世民时代，有俩王爷——滕王和蒋王特别好敛财，阔气啊。有一天李世民赐诸王帛，独独没这二位的。为啥啊？李世民说：“滕王和蒋王自能经纪，不须赐物。”你俩不是能挣吗？那我就不给了哈。从此以后，人们就把善营生能挣钱的人，叫作经纪了。

有经纪人，自然也要有中介。中介在古代叫作“行老”。元朝的《梦粱录》中说，要找个人干活儿，就得先找行老。行老是个保证，这人要跑了，或者要偷东西了，行老负责去找回来。中介不仅是介绍人，还得承担责任。当然，中介也分好几种，比如有人想买个小妾啦、歌童啦、舞女啦、厨娘啦，或者想雇做针线活儿的，或者粗细丫鬟之类，就得去找专门的牙嫂。要是想找个奶妈呢？就得去找稳婆。明朝书中有记载，每季要选奶口四十名，养在宫中，叫作奶婆。还要选精通医术的民间妇女，随时待诏，叫作医婆。统领她们的，就是稳婆了。稳婆权力还挺大，选个宫女，按长得好看不好看分级；找个奶妈，按奶水厚薄分级，这些都是稳婆说了算。当然，稳婆现在也没人叫了，这工作都归月嫂公司了。

给人家干活儿的人，也有个特别的称呼，叫“客作”。三国那阵，有个著名的隐士叫焦光，汉灵帝请他去做官，不去，在家宅着。宅着就穷啊，睡草席子，每天就吃一顿饭，后来“焦光饥则出，为人客作，饱食而已”。

“客作”这个词，到了宋元时期就改称雇工了，到了现在，叫打工的，或者上班族，名字有变化，本质没变化，就是混口饭吃呗。

史上留名靠神剧

古人写书比较麻烦。文人士大夫一般都是在退休致仕后著书立说，写一写平生所见、所闻，发发议论，然后拿去印刷，作为一生的成就。所谓私史、野史，大多也是这么出现的。当然，也有很多混得不如意的人，一辈子郁闷下来，就靠着写私史泄愤，各种数落他人的不是，往往还没有事实依据。

比如，万历年间浙江有个士绅，也是考中过进士的人。就是在官场混不开，回到家中，开始写史，讲的是嘉靖、隆庆两朝的那些事儿，自己起笔名叫“永昭二陵信史”。灵机一动，这哥们儿突然冒出个赚钱的法子，就是在列举人物名单的时候，后面写上评价，如“某某以功业文章著”，这是夸人；还有“某某以贪酷奸邪著”，这是骂人。信息传出去，不少人害怕把自己或者先人写差了，留下恶名，就开始拿钱相求。这哥们儿收了钱，“功业文章著”前面立刻加上“张三”，送钱者满意而去。没多久李四带钱来了，他就把张三抹去，改成李四了……反正，当面写了就行。这大概是最早的有偿稿了吧，当时叫“楮（钱）墨（文）互换”。

当然他也没忘了正事——把自己写成大义凛然弹劾权臣从而被诬陷贬职的正直人士。后来真有人核实去了，压根儿没这回事，连时间都对不上号。

不过，靠写私史、野史给自己扬名，终究是个笨办法。老百姓有多少读史书的啊？没那么多文化，也没闲工夫，更没钱买那么多闲书。要真正起到良好的传播作用，还得用老百姓喜闻乐见的载体——评书、笑话、说唱艺术，还有戏剧等。

据朱彝尊《静志居诗话》中说，明朝有个音乐家郑若庸，专门写歌讽刺妓院，因为他名气大、写得多，竟然把妓院的生意写冷落了，“一时白门杨柳无系马者”。这样下去，日子就没法过了。众姑娘意识到，这个阵地一定要把握住，于是凑了数百两银子，找了个编剧叫薛近兖，根据先人的传奇、杂剧，写了一部戏——《绣襦记》。故事梗概嘛，就是某书生逛妓院结识红颜知己，之后书生沦落，几乎被恨铁不成钢的父亲打死，但最终被重情义的小姐所救，二人终成眷属。

这个戏影响太大了，一直到今天都在演。改编成京剧后，成了荀派名剧。在当时也是相当成功地挽救了风月市场，“秦淮花月顿复旧观”。看，宣传有多重要啊！

言情剧抢了风头，抗日神剧又怎能落后？

明朝万历年间，明朝与日本发生战争，就是大家都知道的“万历抗日援朝”。本来明军是打胜了的，但后来因为轻敌冒进，在碧蹄馆遭到伏击，伤了精锐，双方都打不下去了。到了次年，江湖上风传日军首脑关白平秀吉（就是丰臣秀吉，关白为日本官名，类似于丞相）死了，于是相关的文学作品就出现了，名字叫《斩蛟记》。说的是关白平秀吉，不是人，也不是妖，而是一条蛟，化身为人，来扰乱世间。而这条蛟有个特别的嗜好，就是爱吃鹅。于是，在昙阳子大师（当年风靡一时的女神）的策划下，我军在朝鲜沿海放了上万只鹅。平秀吉一看，忍不住了，冲上去大吃特吃，于是我军抓住机会，将其刺杀。

这本书利用了民间流传很广的《斩蛟记》故事，原本是讲许逊等人追杀恶蛟的故事。不过这个故事早就完结了（详见《警世通言》最后一篇《旌阳宫铁树镇妖》）。而明朝的这部抗日神剧，沿用了脍炙人口的传说，声称平秀吉是从旌阳宫漏网逃出来的，于是才有了中日战争。以通俗文学为“传承”，设计得倒是符合受众心态，易于传播。

据说，这本书创作的目的，是挽救碧蹄馆之战后被处分的官员，然而并没有什么作用。

因为这本小说出现之后，大家张口结舌，“远近骇怪”，而且传来的消息说，平秀吉还没死……

于是，又有人写了《辟蛟记》来反驳这本书。可是，最终平秀吉还是死了，日军撤退，战争结束。平秀吉生死之间，新版《斩蛟记》留下了笑谈。它唯一的作用，就是让各地出现了一批许逊、徐猛（都是老《斩蛟记》里的正面人物）的徒子徒孙，他们号称大师，拥戴者甚众。

不过，和《英烈传》比起来，以上的作品都是小儿科了。无论是言情、穿越、神话、架空，大家仔细一想，都知道是假的。可直接篡改历史，把不相关的人植入作品里，真里有假，假里有真，贪天之功，就往往能蒙蔽一大堆人，包括皇帝，而且一蒙就是好几百年。

《英烈传》是怎么做的呢？

人人都知道，明朝的开国皇帝朱元璋，一辈子经历了无数大小战役，其中最关键、最著名也最惨烈的是与汉王陈友谅的鄱阳湖之战。那场战役，两军厮杀绞斗，都放出胜负手，汉军突围的关键时刻，乱军之中射出一支流箭，贯穿陈友谅的脑袋。陈友谅死了，接着汉军彻底覆灭了。

可以说，这一箭对明朝的成功建立有着至关重要的作用，可以说是转折的一箭、标志性的一箭、决定乾坤的一箭。射出这支箭的人，应该是明朝最大的开国功臣。可它是谁射的呢？

最后经过调查考证，射出这支箭的人是郭子兴（与赏识提拔朱元璋的红巾军领袖郭子兴同名不同人）。这位郭子兴后来也得到了荣誉——封巩昌侯，死后追赠陕国公。

时过境迁，到了嘉靖年间，好多代人过去了。郭子兴的孙子因为没有子嗣，死后世袭的爵号也就没有了。慢慢地，很多人已经不知道射出这一箭的是谁了，只记得大概姓郭。于是，冒领这一箭的人出现了。

这个人是世袭的武定侯郭勋，开国功臣武定侯郭英的后代。

郭勋是个民间文学爱好者，“好文多艺能计数”，家藏善本《水浒传》。当然，他也是个官迷，希望自己的侯爵身份再进一步，变成公爵。可太平世道，有什么办法呢？

他首先想到的也是写史书，于是撰写了一部《三家世典》，讲的是开国功臣徐达、沐英和自己祖上郭英的事迹，还请了老臣杨一清写序，“已暗藏射陈友谅一事于卷中矣”。也就是说，郭勋打算在史书中偷偷把射箭的人改成自己祖上，反正郭子兴没后人，也不会出来澄清了。他和嘉靖皇帝关系不错，这么一来，爵位升级没准就成了，说不好还能配享太庙呢。

可是，谁耐烦看史书啊？影响太有限了。

郭勋很快想到了评书。于是，读《水浒传》的功底显现，一本开国通俗记传面世了，就是后来脍炙人口的《英烈传》。

在这本书里，射死陈友谅的人，光明正大地变成了郭英。

有了话本，还得演出啊。这个好办，郭勋找到太监里会演出评话的人，把这个本子“日唱演于上前”。天天给皇帝看，皇帝肯定感动。皇帝一问来由，太监说是民间旧本，皇帝立刻感叹，郭英家功大赏薄。

这就是有门儿了。郭勋立刻进行了一系列运作，期望的结果很快就来了——拜太师，加封世袭翊国公。计划成功了。

只是好景不长。当了公爵的郭勋过于嘚瑟，卷入了和大臣们的明争暗斗之中，最后宫斗失败，削爵论斩，妻子发与功臣为奴。枉费心机，落了个身败名裂。

不过，《英烈传》倒成了最受欢迎的话本，感动皇帝，自然就感动中国。反正在很多演出中，射死陈友谅的就是郭英，起决定作用的也是郭英。

光听说书的老百姓都信，那个真正射箭的人，谁知道啊。

从这个角度来说，可不能小看大众娱乐作品，尤其是号称自己还原历史的，没准这功还真贪成了。

前人费心埋骨 后人掘墓沾光

扬州找到了隋炀帝墓，还是与萧后的合葬墓。瞧过了墓志铭和金镶玉腰带，国家文物局也认证了。这下陕西武功的隋炀帝陵就被说成是山寨的。根据媒体报道，全国隋炀帝的陵墓一共有四座（一说是三座），光扬州一带就有俩。

其实这种事儿也不稀奇，古代的学者就发现，许多墓葬出现在莫名其妙的地方。《东京梦华录》里说，汴梁城里有单雄信墓，墓上还有棵枣树，传说是单雄信那杆枣木槊插在那里生根发芽长成的，那条街道也就被命名为“枣家子巷”。问题是，单雄信被杀于洛阳，怎么会埋开封去了呢？难怪清朝的俞樾看到这段，评价是“亦所未闻”。后来有了说法，真正的单雄信墓在山东东明县（离洛阳也有点儿距离），还是个衣冠冢，毁于“文革”。

所以说，古代但凡是个名人，就可能有好多墓葬。有的是故意的，有的是后人伪造的，也有的是传着传着传岔了——比如武功那个隋炀帝墓，据说实际是唐殇帝的。

认定古墓的主人，最靠谱的方法之一就是找到墓志铭。前不久认定的上官婉儿墓，就是墓志铭说话。古书里也有类似的记载。《封氏闻见录》里说，北齐时候，发掘了一座古墓，找到墓志铭，就八个字："青州世子东海女郎"。当年的专家们就凭这句话，认定此墓墓主是西晋东海王司马越的女儿。隋朝时候，洛阳的酿酒商在自家旁边挖酒窖，也挖出了一块墓志铭，标题是"晋司徒尚书令安丰侯王君铭"，全文有好几百字。于是就发现了竹林七贤之一、安丰侯王戎的墓，具体位置是殖业坊十字街。

北齐的学者王俭考证，在汉朝以前，没有墓志铭一说。三国时魏国的侍中缪袭改葬自己的母亲，"制墓下题版文"，算是墓志铭的发明者吧。他的原意是千百年以后山川变迁，要让后人"有所闻知"，说白了，墓志铭还真的是留给后人鉴别墓主身份的。要是个普通人的墓，就写上姓名、历任职位、祖上父亲的名字以及婚姻状况；要是名人，就得来些歌功颂德的文字。

墓志铭认定身份可以，认定人品就未必准了，因为它们大多是花钱或者请人写的，拿了钱能不说好话吗？比如韩愈，就是个靠写墓志铭赚钱的人，给钱就写，日进斗金，有人说他是"谀墓中人"，其性质和现在作家拿钱给企业家写传记一样，内容嘛，也以谀辞如花加心灵鸡汤为主。不过韩愈文采好，写关系稿也能写出经典来，给柳宗元写的祭文就不错。

收钱写墓志铭的习惯一直延续下来，成了各朝各代文人们的一大财源。

除了墓志铭，认定墓主身份的还有墓碑和墓碣。碑这东西，最早是庙里的石柱，有两个作用：一是系牲口，二是根据柱子影子来判断时间。王俭说，后来天子诸侯下葬的时候，要用石柱上的孔来系绳子，好把棺材一点点往墓穴里顺，下葬完毕，柱子留在墓道边上，也没必要移走了，干脆就刻上字，写上墓主的官职、姓名什么的。墓碣比墓碑历史要早些，与墓碑的作用相同，区别是碑的上方是方形，碣的上方是圆弧形。后来即便不用绳子下棺材了，碑碣上也多有个孔，算是系绳作用的遗迹。

立碑，也是汉朝以后兴起的。后汉时候，蔡邕（蔡文姬的父亲）等人特别热衷给人立碑。两晋时期，立碑成了时髦，也就普及开来。

碑是给死人立的，但有时候活人也忍不住，非要立个碑。开元年间，右相李林甫管国子监，管得还不错，国子监的学生们一商量，就给他立了个功德碑，搁在大门口。结果有一次李林甫看见了，厉声问："这是谁干的？"把大伙儿都吓着了，知道这马屁拍在了马腿上，连夜把碑拆下，把上面的字磨平，扔到了南廊上。

李林甫还算有脑子，他死后杨国忠上位，可就膨胀得不行了，非要在尚书省门口立个碑，歌颂圣主得贤才。圣主是唐玄宗，贤才就是他自己嘛。这事儿还真成了，圣旨下，京兆尹鲜于仲通撰文，唐玄宗亲自修改文字。碑刻好后，唐玄宗改的那几个字还填了金色。这事引得议论纷纷，有人私下嘀咕："天子圣明，宰相能干，史书自会说明。哪儿有哥儿俩自己给自己立碑玩的？这不是祸乱的前兆吗？"

"安史之乱"后，这块碑就让唐肃宗给铲了，没立上多少年。所以说，自己给自己吹牛皮，说自个儿有多圣明正确，都当不得真，多少年后回头看，干的是什么事，全明白了。

都说钱财是身外之物，可帝王们却都喜欢往墓里埋东西。大家都知道秦始皇陵里宝贝多，其他帝王的宝贝也不少。清朝朱彝尊的《曝书亭集》里就讲，南汉皇帝刘龑墓里有十二座金像。

说起发现刘龑墓这事儿也很偶然。崇祯丙子年秋，一阵大雷雨过后，广东番禺北亭的田野里，出现了一个大窟窿。路过的农民梁老伯（梁父）往里扔了块大石头，轰隆有声，立刻觉得有内容。保险起见，又找了只鸡放进去，半夜去听，鸡还在里边叫，于是马上叫来家里的子弟开挖。

挖出的东西都美不胜收，一共十二个金人，中间两个比较大，像是皇帝和皇后，各重五六十斤，另外十个重十五六斤，像是他们的皇子，还有学士十人，以白金（银子）铸造。地是金蚕珠贝铺就，一面大镜子，“光照暗中如白日”，一个大砚台，“砚池中有玉鱼能游动”。其他各种奇异珍玩很多。

这就是极其矛盾的心态。一方面搞疑冢，设机关，把墓弄得特结实，怕人盗；另一方面又藏珍葬宝，找人盗。古人的墓穴就是这么矛盾。

就当是给后人留财富吧。要不哪儿来的博物馆，哪儿来的文明传承，哪儿又来的文物市场、旅游景点呢？

题字癖和造像癖

古往今来，略微有点儿名气的帝王将相、风流文士，都喜欢到处题个匾、写个字。一方面，是对自己的字有绝对的自信；另一方面，也是有人恭维、求字，爱抬轿子。到了现在，领导题字癖依旧存在，只是不少人的字实在看不下去。所以，到处题字，还是后一种因素居多。

蔡京，算是北宋末年排列最靠前的重臣了，喜欢写字，还喜欢用大笔写大字，家里备着一巨大竹编笔筒，里面放六七支大笔，“大如椽臂”。但人家的字确实好，陆游《老学庵笔记》中说，蔡京写的临平寺额，“勑”字别具一格。唐朝以来写“勑”字，追求平正浑厚，而蔡京的“勑”字，则“作险劲体”，“来”长“力”短。大家把这样的“勑”字叫“蔡家勑”，还纷纷效仿。当然，字写得好还不行，必须有人捧，官儿越大捧的人越多。蔡京有两位托儿，一个是书法家米芾，另一个是词人贺铸。

《铁围山丛谈》里说，有一次蔡京去南方，正好米芾、贺铸俩人来拜访。正聊着呢，又来了个不服的“恶客”，此人挤对蔡京说：“人人都说你大字写得好，我看也是吹，不就是灯影照着，显得字大吗？”蔡京说那就现写给你看啊，就叫人把大笔筒抬出来了。众人一瞧这大笔，就傻眼了，蔡京问：“写啥啊？”那人说：“就写‘龟山’二字。”结果蔡京当面把字写好，在座诸人无不赞叹。等墨干了，大家凑过去围观，没想到贺铸一把把字卷了，撒丫子就跑，米芾大怒，跟着就追出去了。

就为这事儿，贺、米二人绝交了好几年，后来才慢慢和解。大字后来刻在龟山寺，米芾在旁边题了小字：“山阴贺铸刻石也。”这种行为当然让蔡京高兴，这就是明显的巴结抬身份嘛。

此事真假难说，影子是有的。《铁围山丛谈》是蔡京的儿子写的，也不排除夸大其词，替老爹吹牛。

所以还是这句话，满足题字癖，古代两个条件，一是字好，二是有人抬。

也有谦虚的，如宋高宗。

杭州灵隐、天竺附近有个风景不错的地方叫九里松。当年那里有个一字门，门匾是南宋的书法大家吴说写的。《四朝闻见录》里说，有一次宋高宗去那里，打算重新题块门匾，叫人研墨、铺纸，反反复复写了几十遍，折腾半天，把笔一放，叹口气说：“算了，换不下吴说的字。”最后叫工匠把吴说门匾上的字填成金色，重新挂上去了。

这是古人有自知之明，要搁现在，弄不好名人写废的草稿，都会搁博物馆里去。官场总是这样，你在位之时，少不了哄和拍的，即便自己不吃这套，也挡不住硬哄、硬拍。

宋高宗的境界不容易，不过还有比他嘚瑟的。自我膨胀，非要给人写字。这位叫夏执中，宋孝宗的大舅子。也是逛到风景名胜区了，那有个刘婕妤寺，内有凤凰泉一眼。“凤凰泉”三个字，是书法家张孝祥写的。夏执中自己的字也不错，还受到太上皇（就是退位的宋高宗）的夸奖，所以一瞧这匾，就说这字写得不行，自己掏钱，重新写字，重新刻匾，换上了。

夏执中走了，宋孝宗来了。宋孝宗以前是来过这里的，这次抬头一瞧，嗯？匾怎么换成夏执中的了？这位皇帝可没给妻舅留一点儿面子，啥话都没说，直接命令左右，把这匾拆下来，劈了当柴烧。幸好上次拆下来的张孝祥匾还在寺里留着，和尚们赶紧抬出来换上。这也算四处留字，无趣变有趣的一例吧。

还有一位字好的，因为太爱题字断送了自己。

此人叫李淑，北宋仁宗年间的翰林，字可好了。当时有位官员陈尧佐去世，李淑奉命写神道碑。这本是件公事，可李淑瞧不上陈尧佐啊，于是通篇不讲陈尧佐的功绩，只说他这辈子能写“两韵小诗”。碑文让陈尧佐的儿子陈述古看见了，跑来央求他，意思是你不写功绩就算了，可能不能把“两韵小诗”这句给删了啊，这也太挤对人了吧。可李淑呢，一点儿面子都不给，回答：“文稿已经上缴审阅，改不了了。”

《东轩笔录》里说，梁子就此结下，此后陈述古处处盯着李淑，等他出错。李淑全然不知，他去出差，闲的没事去凭吊周朝恭帝（就是被赵匡胤篡权的柴氏小皇帝）的墓，题词：“弄楯牵车挽鼓催，不知门外倒戈回。荒坟断陇才三尺，犹认房陵平伏来。”

这件事被陈述古知道，他嫌事儿还不够大，找寺僧把题诗刻碑、翻拓，弄了上百份，在开封府传开了，终于让皇帝看到。宋朝的皇帝最忌讳的就是提篡位的事，把题诗发给中书省，让大家评评，就有大臣上本：“本朝是以揖逊得天下的，这诗却说是军事政变动干戈，简直是污蔑。正常臣子干不出这事儿。”

李淑的政治生涯就此完结——先是降职，然后当侍从当了二十年，再也没机会提拔，再后来，就死了。

这个故事看完，你说到处题字是个好习惯吗？

除了题字，古人还有个癖好，就是造像。偶像嘛，基本是用来崇拜的，造像的大多是皇帝，也有文臣武将像关公什么的，成了神的。最好玩儿的是唐朝建太清宫，除了用太白山的白石凿成玄元皇帝像（玄元皇帝就是老子，唐朝皇帝认他当祖宗）、唐玄宗像外，还造了李林甫和陈希烈两位宰相的像，供人膜拜。后来李林甫出事，他的像被抬到后院埋了，换成了杨国忠像。再后来杨国忠和陈希烈也出事，这俩人的像干脆就给砸了。

多年以后，唐代宗手下重修太清宫，又把李林甫像挖出来了，大伙儿一瞧后背的铭文，是他呀，那还留着干什么啊？砸了吧。

看来偶像也不保险，被人崇拜的时候多，挨砸也是常事。

其实最早的塑成偶像，并非好事。孔子曾说：“始作俑者，其无后乎？”

就是这意思。据《茶香室丛钞》作者俞樾考证，最早造像的是个叫虞卿的齐国人。此人父亲去世没有下葬，他自知有过错，就刻了个父亲的像来祭拜。如果“生有供养”，则不必再造偶像。若是知道这个典故，恐怕没人愿意自己的像弄得到处都是吧。

处处题字，是显摆自己，造像立碑，是为了在后人面前继续显摆自己，归堆儿一句话，大多是一厢情愿的事。其实，早有人对此看得很开。例如，隋文帝的儿子齐王杨攸死了时，众人申请立碑，隋文帝说了一句：“欲求名，一卷史书足矣。若不能，徒为后人做镇石耳。”明白人啊！

假古董记

穿越的事情总爱在古董圈发生——河北冀宝斋博物馆的事，引得大家不停吐槽，汉朝的五彩、商周的陶俑，还有黄帝、炎帝的瓷器……外行都看出假来了，自然是不值钱。想要值钱，必须蒙住外行，甚至也得蒙住内行。都蒙住，假的就成真的了。

卫夫人，是很有名的女书法家。名铄，字茂漪，晋朝汝阴太守李矩的妻子、中书郎李充的母亲。之所以有名，是因为她当过王羲之的老师。所以，各朝各代卫夫人的帖子层出不穷。在宋朝，比较出名的是《与师贴》，帖子写道："但卫随世所学，规模钟繇，遂历多载。年二十，著诗论草隶。"这是讲自己师法的是书法家钟繇。没想到，这事儿被人指出有诈。南宋的学问家黄伯思就说，这帖子是后人写的，和卫夫人一毛钱关系都没有。他还找出了佐证，那是南北朝时梁朝学者萧子云写给梁武帝的一封信，里面写道："臣昔不能拔赏，随时所贵，规摹子敬，多历年所。年二十六，著晋史……" 瞧，晋朝的卫夫人写的东西，和梁朝的文章句式、用词极其类似，可梁朝又在晋朝以后，这不是穿越了吗？结论就是这个帖子是假的。

假归假，可古代人弄得这个伪文化，比冀宝斋的技术含量高多了吧？

还有高的。

《水浒传》是谁写的，历史上一直有争议。明末清初的文学家、官员周亮工甚至认为，《水浒传》是一个叫叶昼（字文通，笔名叶不夜、梁无知）的剧评家托名所写。他还说，关于《水浒传》的作者传言很多，有人说是元朝人施耐庵，有人说是洪武初年的罗贯中，甚至还有人说是宋朝人写的。最后这事儿，让金圣叹给作了结论——金圣叹先断言《水浒传》七十回后，是罗贯中续的，然后又伪造了一篇施耐庵写的“自序”，这书，就成了施耐庵的了。

有没有施耐庵这个人，都还说不准，这篇“自序”里却说得历历在目，这就成了“造假”的依据。

关于《水浒传》作者的各种争论与推断，胡适先生已经写文仔细谈过，大家可以去网上搜。但当时金圣叹这一“序”，倒还真给争论盖棺定论了。现在《水浒传》各种版本，都写着施耐庵、罗贯中著，几乎没人知道叶昼，个别的版本，还会正儿八经地把“施序”放在前面。可见假若高明，也许还是能“成真”的。

造假古董的多，造假古迹的也不少。有时候假，是因为学问不够，有时候假，是因为附会或者穿凿。最典型的是赤壁——苏东坡在黄州赤鼻矶，不仅写了《前后赤壁赋》，还写了《赤壁怀古》，好多人就把这里当真的赤壁了。后来就有人反复澄清，孙、刘破曹的赤壁，在湖北嘉鱼县，不是这里。还有人说，你瞧苏轼词里明明写了：“人道是，三国周郎赤壁。”这就是说，他也是听说的，没准早知道不是，但借题发挥了。

这么闹出笑话的是一个叫阎钦受的人，宋朝御史。这位在安徽濠州到了一个叫高塘馆的地方，在淮河边上，想起当年楚襄王在高唐梦见巫山神女的段子，立刻题诗一首："借问襄王安在哉？山川此地胜阳台。今朝寓宿高塘馆，神女何曾入梦来。"结果，这首诗就留下话把儿了，后人大多作诗讥讽。比如有个叫李和风的写道："高唐不是这高塘，淮畔荆南各一方。若向此中求荐枕，参差笑煞楚襄王。"清朝的进士魏宗衡也写诗嘲笑说："只今莫辨行云地，空想当时下玉人。"原来，楚襄王梦见巫山神女的高唐，压根儿不是这里。这倒好，留下千古笑柄，哪个朝代都有人提这事儿。

还有一桩公案，就是横波楼了。横波楼在南京，又叫眉楼，是明末清初江南名妓顾眉（字横波）的公馆，也曾是著名的风月场所，明末士大夫和江淮名妓的聚集地，当时可是名流如云，佳话频传。民国初年，还有人专门去探访横波楼旧址，那里已经变成了一个人声鼎沸的大茶馆。不过茶馆里依旧挂着顾眉的画像，还有很多文人吟咏的诗句。去探访旧地的汪恸尘是位记者，追根究底下去，发现这里也不是横波楼，真正的横波楼，早就不知道具体地址，湮没在历史里了。这里之所以被公众认定是横波楼的旧址，是因为这条街叫顾楼街，所以，那就"被认为"是顾眉待过的地方了。

最大的谎话，从宋朝一直持续到现在，就是酆都鬼城了。人家晋朝葛洪的书里明明写着："张衡、杨云为北方鬼帝，治罗酆山。"可人们偏偏执意把北方的罗酆山挪到了四川酆都。原来，是有个叫阴长生的道士曾经在这里修炼，最后得道升仙了。阴长生嘛，简称阴君，有了阴君，还能没有鬼？再加上酆都还有个"酆"字，传来传去，到了宋朝，就有人认为这里是真正的鬼都。得，就这么阴阳大挪移了。

说了这么多，就想说各类古董、古迹什么的，真能查到出处，可以认真的，绝对不多。要不怎么值钱呢？不过古人造假，有意无意的，都还讲究个文化味儿，伪文化也是文化啊。这一点要比现在的“国宝帮”强。现在这帮人，弄个汉代的玉龙椅出来，找专家一口咬定是真的，还就当真的卖了，这不是欺负买主都是二货傻子吗？

大师吹牛记

北宋有位大师和尚，名叫愿成。他是怎么成名的呢？当时王安石的儿子王雱，生了个小孩，每天夜里哭闹不止。王雱没辙了，找和尚念咒，就找到了这位愿成，还真巧了，愿成念咒那天，孩子没哭。

王雱觉得念咒有效，就把他推荐给章惇。此时，章惇正准备平定四川、贵州、广西一带的少数民族叛乱，听说那里的人擅长使用符箓咒语各种鬼怪邪招，就急于找个大师随军。就这样，大师愿成上了前线。

大兵将至，对方决定降顺朝廷。于是，愿成和几名官员成了受降使，渡过南江，前去接收。谁都没想到的是，这几位压根儿没把所谓“蛮族”放在眼里，过去就侮辱人家的女人，“秽乱蛮妇”。这下把人家的首领田元猛惹火了，把这几个人抓了起来，捆柱子上给剐了。

但愿成活了下来。因为田元猛信佛，瞧见是个和尚，在那里苦苦哀求饶命，就没杀，把他轰走了。

这段耻辱的经历，反倒成了愿成炫耀的资本。他回去后就“更乘大马，拥挝斧以自从”，摆上仪仗队了。为什么呢？他吹牛说自己是头一个进入蛮族地盘的人，自称为察访大师。还别说，最后竟然哄得朝廷给了他一个“紫衣师号”。紫衣师号是僧道的一种“职称”，可以理解为“皇家认证大师”。瞧，这就是吹牛的功效。

两宋时期，大师众多。张怀素就是一个。张怀素是宋徽宗时期的老道，自称“落魄野人”，长期和朝廷重臣交往。瞧瞧当年的宰相蔡卞是怎么说他的吧：“张大师道术通神，孔子诛杀少正卯的时候，他还劝过呢，觉得杀少正卯时机不到；后来楚汉在成皋相持，张大师也曾经登高观战。我真不知道这位大师多大岁数，不是世间人啊。”这牛吹得就相当没边了，既体现了自己能长生不老，又体现了几千年来都是和上流社会厮混的。

当然，吹牛多了，有时候自己会当真。张怀素声望最高的时候，突然觉得金陵有王气了，不仅让自己的弟子赶紧去金陵，还游说大臣们迁往金陵。这就涉及政治了，结果他被扣了谋反的罪名，被杀了。

在南宋，最出名的大师叫王继先，与以上大师不同，这位大师是“神医”。他是靠着秦桧起家的，又认了内侍做干爹，然后就混成御医了。他是怎么给宋高宗治病的呢？夏天宋高宗拉肚子，找他来开药。他跑来说：“陛下你给我弄个瓜吃呗，我渴死了”。于是，他就在拉肚子的皇帝面前吃上瓜了，把皇帝看馋了，问：“这瓜朕能吃吗？”王继先说“能吃能吃”。宋高宗就吃了，吃完，还真不拉了。皇帝问他怎么回事，他说“陛下您这是中暑泻肚，吃个瓜解暑，就不泻了”。

后来，王继先被要求治疗宋高宗不生儿子这个病。他治了很久，无效。

可这小子找后宫刘婕妤说闲话，想干预朝政，最后被赶回了老家。当时本来也要杀了的，皇后说算了吧，要不以后谁还敢当御医开药呢？让他滚就是了。

他的继任者也是神医，王泾。王泾可崇拜王继先了，开药特孟浪。当时宋高宗已经是太上皇了，年纪大了，患了“苦脾疾”，结果王泾开了泻药，老爷子吃了，竟然驾崩了。

宋孝宗差点儿杀了他，还是太后劝，说要杀人，以后御医就不敢进药了。最后的处理是：脊杖，刺配。

后来王泾竟然回到了杭州，还开了个医馆，吹牛的劲儿一点儿没减，在门口挂了个招牌：四朝御诊王防御（防御是当时对医生的尊称）。他真好意思。

有知道他底细的人，搞了个恶作剧，在他的招牌旁边，又挂了个招牌，写着：本家兼施泻药。这招相当于现在的黑主页吧？一下子“神医”的“美名”就传开了。

元朝末年，天下大乱。当时，元军正在江南与方国珍部作战。有人向元军统帅建议：“方国珍手下有个能呼风唤雨的神人，所以，咱们也得找个大师，才能捉住方国珍。”

哪儿找去啊？打听呗。其实大师挺好找的，只要稍微一留神，附近就有——松江城北，有个大师叫谢景晹，没事就在家里设坛，招鬼，本事大了去了。于是赶紧去请。这位谢大师还拿搪，不来。后来，由松江知府带着上司的亲笔信亲自出面去请，上面写着：“参裁军事，必访异人。既达天时，当为世用。”

谢大师才很牛气地来到了军中。

结果呢？谢大师的法术一点儿作用都没起。本来是元军几十万追杀方国珍的，最后成了元朝大军全军覆没。

这就是大师无边的法力——你是上帝派来搅和事儿的吧？

到了清朝，大师吹牛的水准又有上升。如《坚瓠集》中就记载了一个大师的自述，他自称童年的时候看见过伏羲画八卦，因为不小心看见了伏羲的蛇身，吓得生了场大病，是神农用草药救活了他。仓颉不识字，来请教他，他还不屑教，觉得人家太蠢。庆都生了个孩子，叫作尧，为此举办了汤饼会，还请他去参加，这位大师还送给了尧生肖钱……

等等，汤饼不就是面条吗？这东西，可是汉朝的时候才有的。

这样的大师，什么朝代都会有。怪诞的吹牛，不值有识者一笑。可也邪门了，名流儒雅的人也都信，这是怎么了？——这句话是清朝的俞樾问的。

此话放在文尾，同问。

医生也病得不轻

中国的医生，自古是有官气的。记载里，名医总是给王公贵族们瞧病。这从中国人对医生的称呼里也可以看出来。《容斋随笔》里说，宋神宗的时候，医官只有四名，可到了宋徽宗时，从“大夫”到“翰林”，一共有医生一百一十七人，包括候选的医官，有九百七十九人。宣和三年搞医疗机构改革，精简了一下，名额控制在大夫二十员、郎中三十员，备选替补控制在三百人以内。所以“大夫”、“郎中”，这些称呼就流传出来了，都是指医生，也都是官名。想想看，那个年代，医疗资源多有限啊，一个皇宫，占去那么多，特权啊，太明显了。

医生还有许多其他的称呼，如唐朝称医生为“待诏”，诗人张祜曾写道：“药饵无征待诏愁”。南宋称医生为“防御”。这些称呼也都是官，现在都不流行了。元末的时候，张士诚造反，大授官爵，磨工、卖茶的、榨油的都是“博士”，巫师是“太保”，剃头匠叫“待诏”。从此以后，“待诏”这个荣誉称号，就被理发师抢走了。

医生看病贵不贵呢？这得两说着。有悬壶济世对穷人分文不取的，也有漫天要价的，没个准谱。一般情况下，着实也不便宜。明朝文人杨循吉曾经写过，金华有个叫戴原礼的，向朱彦修（丹溪）学医，术成之后，“每制一方，率银五两”。这不是武侠小说，对于老百姓来说，五两银子可真不是一个小数目。

戴原礼要高价是有原因的，他师傅是名医，他自己也当了御医，据说给朱元璋和朱棣都瞧过病，官职是“迪功郎”，也是郎中了。戴原礼干过的最大一件事情，是纠正了一个药方中的错误。那是他去京城，听说有一位医生很有名，就去拜访，观摩人家出诊。病人来了，开好方子，那医生嘱咐说：“这药回去要加块锡，一起煎煮。”戴原礼就纳闷了，锡那东西是金属，加那个干什么啊？赶紧虚心求教。名医说：“古方里就是这么写的。”戴原礼赶紧要过古方仔细瞧，看了半天明白了，那个字像“锡”可不是“锡”，是“餳”，写得有点儿连笔。是什么啊？就是糖。

现在医生开药方喜欢写连笔，这看着让人心里有点儿哆嗦哈。

医生手上无小事，明朝的大学士徐阶就说了，自己这辈子有三不敢荐：荐医生，系人之生死；荐老师，系弟子之终生；荐婚姻（就是介绍对象吧），系人子女之休戚。这三件事情，可不能随便干。看，这就提升到做人原则的高度了。可见古人对医生看得很高，也看得很玄。

当医生的忌讳有许多，比如不求甚解，比如为了效益，可做可不做的事情，先做了再说。若医治不当，患者失控，出了血案，是一个大悲剧。若医生拿起棍棒自卫，可以理解，却不是最好的解决办法。应该反思一下是什么真正造成了这个悲剧，怎么才能让它不再发生。其中有没有效益的因素——想明白了，一定要成为一个原则。

在中国还有个毛病，喜欢把医生说得神乎其神。有的牛是医生自己吹的，有的牛是病人吹的，一下子人们的期望值就大了。上去下不来，病看好了还好，没看好，也许就是大事。

清朝，开封祥符有个医生孙育均，他和朋友说过这么件事：有人得了"中消病"，每天要吃一两斗米，肚子很大，可身形却日益消瘦。来找他瞧病，开的方子竟然是——砒霜四两。孙医生嘱咐："你饿两天别吃东西，然后一口气把这些砒霜吃完，记住一定要吃完，否则不治。"

谁能有这么大的勇气吃这么多砒霜啊？病人回家犹豫，吃了一半，吐出不少虫子来，症状似乎也减轻了，再去看医生。孙医生说："完了，你一定没吃完药吧？"

病人承认了。孙医生立刻说，自己也没办法。病人问再吃可以吗？孙医生道："我那药量是根据你肚里虫子的数量定的。虫子靠吃人的食物为生，你一口砒霜下去，它们抢着吃，吃完死一批，可是没死绝。活下来的虫子也不傻，再也不会吃了。你若再吃药，毒的不是虫子，而是你自己。要是不吃了，虫子也会把你弄死。所以不治。"

你说病人听了这一席话，还不绝望吗？回去思前想后，死马当活马医吧，把剩下的药吃了，结果中毒身亡。

用现在的眼光分析，孙医生把这事到处说，不外乎两个目的，一是自己厉害，敢下别人不敢下的药；二是病人服药一定要遵医嘱，否则后果很严重。本意是不错的，但超出了常人的理解能力，四两砒霜，活人都毒死一大把了，别说是虫子了。谁能信啊？

没有批评医生的意思。只是说，医生和病人应该互相理解对方的心态。钱是问题，制度也是问题，但细节与习惯更是问题，而且是可以立即解决的问题。

送礼多大事？有送命的，也有送江山的

《挥麈后录》里说，苏东坡身边有个小秘书，字写得不错，用着挺顺手的。可惜，苏东坡要出京做官，秘书带不走，打算把他当礼物送给朋友曾布。可曾布不想要秘书，婉谢。苏东坡又把他送到王诜那里，小秘书就在那儿干下去了。王诜最好的朋友是谁呢？端王啊。有一次端王和王诜打了个照面，说："哥们儿，我忘带篦刀子（梳子）了，借我梳下鬓角。"王诜把自己的篦刀子递上去，端王一瞧，给了个赞："这篦刀子造型不错。"王诜说："我有两把呢，那把没用过的在家里，就让人给您送过去。"

晚上，小秘书被派去给端王送礼——一把小梳子。到了端王府，看见端王正在踢球。小秘书在场边看着，端王喊："哎，会踢吗？一起踢啊。"

显然，小秘书脚法不错，最后端王让人回报王诜："篦刀子真好，多谢。送东西的人，我也一并留下了。"

这个小秘书大家都知道了，叫高俅，往后的事情也都知道了，和蔡京、童贯一干人等，帮着宋徽宗（就是当年的端王），把大宋给败了。

这就是送礼送出来的故事。别把送礼不当回事儿，有时候事儿挺大的。

中国人可讲究送礼了，哥们儿、同事、老乡之间，互相赠送小礼品，也是常事，送出毛病来的也有。北宋初年，有个连中三元的宋庠，仕途不顺，罢参知政事，外放扬州，他送给自己的哥们儿梅尧臣一对鹅。梅尧臣见了鹅，诗兴大发："昔居凤池上，曾食凤池萍。乞与江湖走，从教养素翎……"梅尧臣这是说鹅呢，宋庠看了，认为是说自己。我给你送礼你还写诗挤对我贬官，得，没下回了。

现在说说官员收礼。官员自古是送礼中的大头，有权在握，礼物往往会像下雨似的往下砸。官员收礼，有一部分是公务活动，如出访，人家自然是要给礼物的，这是公事公办。不过私下里给个人礼物的也很多，礼收不收，就涉及品德了。元朝时候，交趾（现在的越南）内乱，有人篡权。元朝派一位蒙古大臣出使，去看看虚实。正使之外，还有位副使，叫元明善。到了交趾，"伪主"私下里要送元明善一大笔礼金，意思就是你回去多替我们说点儿好话嘛。没想到，元明善坚决不要。

送礼者说："老元你干吗不要呢？你们正使都收了，副手收了肯定没事的。"

元明善倒真能圆场，回答说："正使收了礼，是为了安小国之心，不收你们不踏实。我就不能收，因为我得全大国之体。"这就是会说话，高风亮节也不失官场世故，谁都没得罪。洁身自好，也是有技术含量的。

官员收礼，也不是完全被动的，想要什么东西，往往会有暗示，比如——“我想买 × × ×”。明朝书《翦桐载笔》就讲过这么一档子事：有个叫张佳胤的人，在浙江做官时，偶然谈起《清明上河图》，说可惜啊原件在宫中，这辈子怕是见不着了。没想到在座热情的同事说，我家有啊，就是传说中的复本，送你吧。二话不说，拿来死活要送。张佳胤万般推辞不得，只好收了。这礼物在张佳胤手里，成了烫手的山芋，退休回到老家四川，左思右想还是不踏实，就写了个“遗嘱”：“如果有本地官员或达官贵人要这幅画，千万别心疼，立刻送掉。”

果然，张佳胤死后不久，四川某官找到当地县令，拿着一百两银子，到张家“买画”来了。张家的儿子想起老爹的遗嘱来，赶紧翻箱倒柜地找，还得给家人做思想工作。折腾半晌，拿出画给了县官，银子是一点儿不要。县令来不及回署，就在张家用印封了画，火急给要画的上司送去。得到画的上司大喜，加了银子，再送回去，张家再次坚决不要。这件事情，最后以“买画”者请张家子孙吃了顿饭结束。

话说张佳胤一家为啥急着把这么一张名画送走啊？因为就在明朝，《清明上河图》原本，曾在明朝大员王忬手里。严嵩的儿子严世藩向王忬索要，王忬舍不得，画了张假的送去，被看了出来，结果下狱死于非命。张佳胤这是怕悲剧重演，所以谁要，都麻溜地送出去。

重金“买礼”是官员索要礼物最通常的做法。清末，江北提督徐固卿买到了《四库全书》未进呈钞本（可能就是未删节修改的版本），包括元、明小集八百余种，其中有不少孤本。这事让江西巡抚柯逢时知道了，立马派人带着三万银圆找到徐固卿，请求“让购”。徐固卿不敢不从，只好“还金让书”。柯逢时死后，徐固卿的儿子说服督军萧耀南，出资二十万元，准备把那套钞本买回来，建个图书馆。只是他们去晚了一步，这些书被日本人抢先一步买走了。

各种礼物中，古籍字画、各类古董珍玩，向来都是受欢迎的。唐朝有一位老道洪崖子，据说能炼金丹，会易形，是官场的宠儿，武则天找他都不去，唐玄宗找他，露了一面，又消失了。不过此人有好古之癖，看看他收到的礼物吧：孔子木屐（来自某开国公）；尹喜龟、王戎如意杖（尹喜为楚国大夫，王戎为晋朝竹林七贤之一，礼物来自太子洗马田游岩）；另外还有王烈的石髓、孔子的石砚、扬雄的铁砚、谢灵运的几根胡子、蔡邕的琴、葛洪的刮药篦子、商山四皓的鹿角枕头……这些礼物大多来自官员贵戚，一水儿假古董。唯一真的东西，是唐玄宗送他的一头白驴，可不是古董啊！洪崖子也有办法，骑着它满街转悠，说这头驴是“千年雪精”。得，还是古董。

除了“东西”以外，官员们收到的礼物还有不可或缺的一样——女人。

当然，不能是一般的女人，年轻漂亮只是起码的，还要有特色，要么弹琴出色，要么跳舞袅娜，要么来自异域他乡。

元朝，最时兴的礼物是“高丽姑娘”。因为从元朝开始，每年高丽都要进贡美女。“宫衣新尚高丽样，方领过腰半臂裁。连夜内家争借看，为曾着过御前来。”高丽女孩“婉媚善事人”，“至则立见夺宠”，不仅温柔的性格让人爱怜，因为宫中的给事使令多为高丽女孩儿，就连她们的服装都成为时尚了。

元朝有个太监是高丽人，叫秃满满歹儿，据说是他推荐了高丽女子祁氏给皇帝，最后被立为皇后。朝中重臣，经常能得到皇家赏赐的高丽女孩，而京师的达官贵人，也以得到高丽女孩为荣，有多少钱都是土豪，有个高丽女孩儿当侍妾，才是真正的上流阶层。

说到这儿，就又想起明朝的首辅张居正来。张居正和戚继光是好朋友，戚继光有事没事就给张居正送礼，礼物是什么啊？千金姬！很贵的女孩子。张居正年纪不小了，对付女孩儿们有点儿吃力，体贴的戚继光就又送来了第二茬礼物——腽肭脐。这是什么东西呢？就是老做小广告的海狗肾，壮阳大补。张居正吃了，冬天出门都不能戴帽子，嫌热，身上开始长毒疮，元气大伤，最后就死在了这上面。张居正一死，明朝的下坡路就不可逆了——瞧这礼送的，和王诜的小梳子有一拼了。

说到收礼，还得提一提最著名的和中堂。猜猜和珅最喜欢什么礼物？大珍珠。这珍珠用赤金裹成丸子，外面用锦囊包裹，放在小匣子里。大个的价值二万钱一枚，最便宜的也得要价八千钱。苏州吴县有个专做珍珠生意的石远梅，成了最大的供应商。他说，客户们买珍珠，都是送和中堂的。和珅要这个干吗啊？吃。据说每日清晨以珠作食，心窍灵明，过目即记，一天就算有再多的杂事，也能胸中了然，不会遗忘。

吃珍珠是不是真有这奇效不知道，反正和中堂借此收了不少珍珠。石远梅索性做了一个珍珠宝塔，一尺多高，完全用珍珠叠起，顶上一颗大珠，璀璨夺目。他准备将珍珠塔卖给送礼的人，狠赚一大笔。

就在这关键的节骨眼儿上，和中堂倒台了。这个巨大的珍珠塔，就像现在的名烟、名酒一样，无人问津，最后竟然不知所终。

为什么大家这么爱送礼呢？那是因为有关系网的存在。古人叫“关节”。《南村辍耕录》里讲，唐朝时候，有个叫薛宗本的，他老婆叫赵娟，原本是岐王的小妾，后来下嫁，生了个女儿叫薛瑶英。薛瑶英后来嫁给了唐玄宗身边的红人元载。这层关系，让薛宗本和许多官员有了交往，特别是中书主吏卓倩。这么一来，薛宗本就成了很多人巴结的对象，想当官了，就给薛宗本送礼，薛宗本能直接影响到元载和卓倩。人们就把这层关系称为关节、梯媒，把拜访权要、送礼物，称为“打关节”。这就是给关系网下的最早的定义。当然，后来关节就不止是姻亲了，同事、同年、同门、同宗、战友什么的，几乎都能搭成关系网。

有了关系网，结党营私、请客送礼之风就大肆蔓延了。清末的《庸盦笔记》分析和珅集团的腐败，提出一个问题：乾隆爷时期，也抓了一批大案要案，惩处了一批赃官，可为什么还能出和珅这样的大贪官呢？作者的回答是：因为和珅的权势太集中了，能够左右皇帝的决策，而他的儿子丰绅殷德还当了驸马。于是，很多原本跟和珅没关系的官员，看到同僚因为贪污被查办了，本能选择去结交和珅，去依附在关系网和关节之上，把和珅作为自己在官场的强援。而结交和珅要送礼，成本巨大，就必须得抓紧贪污。于是就产生了一个怪现象：皇帝越杀贪官、越抄贪官的家，贪污就越严重。官员就算为了自保，也不得不贪，整个官场，便败坏得难以自拔了……

偷书记

南京曾出过一位偷书的，年过半百。他去图书馆借书，看着好了，还书的时候动手脚，管理员把书消磁放一边，他顺手就给揣走。一共偷了3000多块钱的书，法院判了他5个月拘役。舆论是说什么的都有，最容易想到的，是鲁迅笔下孔乙己那句“窃书不能算偷”。其实，窃什么都算偷，不管动机如何，是否斯文，拿了不是自己的东西，就是偷。

偷书的自古就有，之所以忍不住动手，那是因为觉得出书的好来，所以偷书的多是文化人。不认字的贼，就不知道书的好处，只认得金银财宝。明朝初年有个大学问家赵古则，写了本专著叫《声音文字统》，据说内容精致得不得了。这本书就被朝廷收了，一直藏在大内。到了正统年间，有个中书舍人姜立纲，以修书为名，找太监借这本书，还真借到了。然后，就没有然后了，书自然而然地丢了，皇宫里剩下的，只有几册本书的目录。

有那么一天，文渊阁大学士邱浚要看这本书，拿来一瞧，就剩这么点儿了，几乎要气疯了。老邱情急之下，在残缺的书册上写了条回复：“盗此者，当身首异处。”多狠的诅咒啊。

借书的这位姜立纲是什么人？大书法家，人品、文品俱佳。可到了关键时刻，骨子里的那点儿小复杂就犯了，皇家的书也敢动手。

说到明朝的好书，大多藏在文渊阁中，以宋版书居多。《万历野获编》里说，这里空间狭小，光线昏暗，就算白天也得拿着灯烛才能看清楚。这里的图书管理员，大多是捐钱谋的差事，自己不懂书里讲了啥，却知道好书能卖钱。结果是可以预想的，到了正德年间，文渊阁里的好书已经被偷盗大半了。正德十年，朝廷终于想起整理藏书这回事来，命令官员们查对校理。负责这件事情的主管，叫李继先。李先生可真是着实不客气，一通清查之后，“窃取其精者，所亡益多”。瞧，还不如不查呢。

官员偷书的风气一直延续到清朝。民国期间最有名的藏书家傅增湘先生就讲过一件事。辛亥年末南北议和的时候，傅增湘在上海购得一本好书——宋版《新刊诸儒批点古文集成》，说它好，不仅是宋版，还盖着“翰林院典籍厅关防”的印章。要不说是藏书家呢，傅先生对此书的来龙去脉进行了番考究，发现它就是从翰林院里偷出来的。此书在清朝初年收藏在藏书家汪启淑家，后被收入四库馆。《四库全书》书成后，此书又被收藏到翰林院。同治年间，“湘潭袁漱六在清祕堂窃之以出”，这才流落到民间，几经周折，到了傅增湘手里。瞧，偷书的人，胆子得有多大啊。

大名鼎鼎的贼，还有一位——米芾。米芾偷的不是书，而是字，而且米芾这偷，和抢差不多。

米芾是苏东坡的哥们儿啊，书法家，自成一派。书法家当然是爱书法的啦。有一天，米芾来到了湘西道林寺逛庙，这庙里呢，有个镇庙之宝，就是唐朝沈传师亲书的《道林诗》。这诗的原件，写在一块木牌上，大字如掌，放在一个盒子里，藏于寺中。米芾显然是冲着这木牌来的，乘船顺湘江而下，到了寺边，向庙里借木牌一观。等木牌到了船上，马上张帆开船，“嗖”的一声，跑了。和尚们顿时大乱，告到官府，要求抓米芾治罪。官府立马派出“健卒”，徒步追船，翻山越岭越野跑，还真追上了，把牌子要了回来。米芾先生的算盘落空了，盗抢未遂。

多年之后，宋徽宗知道了这事儿，得了，木牌放在一个庙里太不安全，拿到汴梁来吧。就这么着，这东西成了他的了。

人们对小偷大多痛恨，可对偷书相对宽容许多。毕竟偷书贼里，很大一部分不是冲钱，而是冲书去的。古代的官书（政府拥有的公共藏书）允许士子借读，和现在的图书馆差不多，偷书的也多，最后这些被盗的书籍，大多流落到士大夫手中。这算是儒偷吧。现在连士大夫阶层都没有了，偷的也就不太讲究。比如能查到的新闻，江西、河北都有省图书馆失窃的事件发生，偷的不是书，而是电脑、手机内存条什么的。真正偷书的主都干IT业了，把别人的书往网上一挂，就“资源共享”赚眼球费了，还真没听说过判刑的。

毁书记

家有藏书的人，最怕有人借书，可借书的人还总有。多年前去朋友家，看到书架上摆了个牌子，写着“图书概不外借，免开尊口”，茅塞顿开。后来自己也就做了个一样的牌子，放在书架上。但就这样也拦不住人借书，有时候想约人来家吃饭的，电话那头说：“行，正好到你家借几本书看。”放下电话，立刻就收了请客的心。别人不理解，书才多少钱啊？可这边就是舍不得怎么办吧？

终于有一次，让人把书借走了，一口气就是两三年没还，也不好意思开口催。后来终于还是还了，却不是以前借的那几本。原来这位习惯借书看，东家借几本，西家借几本，最后记串了，张二的书还给李四，李四的书又给了王五，全不是那么回事。再去追也没戏了，买都买不到，心疼坏了。这算是毁书的一种吧。

后来看书，发现我远远不是最悲催的那一位。清末有位大学问家杨守敬，才是被坑得最惨的。这位老先生费了很大的劲，弄到本宋版的《大观本草》，孤本啊，视若珍宝。这事儿让个熟人知道了。这哥们儿叫柯逢时，是个官员，跑来和杨守敬商量：“我帮你把这书高价卖了吧。不过，你得先借我看一眼，就一个晚上，明天早晨一定还。”

实在拗不过，还是借了。柯逢时这边可是早准备好了，全府上上下下，书吏们全都备着笔墨纸砚，书一到，一人一本，开抄。到了天亮，孤本全部抄完。柯逢时还书的时候说：“您这个不是孤本啊，我见过坊间的刻本。”果然，没过多长时间，这书就到处有卖的了。

知道事情真相后，杨守敬气坏了，立刻把家搬得远远的，终生与柯逢时再无来往。周边人说，老杨这辈子，就上过柯逢时一个大当。

还有抢着借书的，借得兄弟翻了脸。

南宋，宋宁宗开科试宏博之士，徐凤和刘淡然这哥儿俩去应试。徐凤猜测，考题很可能和一本叫《山河两界历》的书有关。这本书谁有呢？徐凤知道，有个叫鲍明的官员那儿有。而鲍明又是刘淡然的老乡。于是，就撺掇刘淡然去借书。

书是借来了，可刘淡然生了私心，根本不提这茬儿，一个人偷着看。徐凤等来等去没消息，还以为没借到呢，硬着头皮直接去找鲍明，鲍明说：“那书就一个草本，已经被小刘借走好多天了啊。”

徐凤能不生气吗？考试的时候，试题果真和他猜测的一样。徐凤答完题，接着写道：“论述这个问题的还有一本书，叫《山河两界历》，但那本书不是正史，不能拿来作论据。”瞧，不是我没看过，而是我没看上，谁看了我黑谁一道。

考官先看的是刘淡然的卷子，里面大量引用《山河两界历》，心里嘀咕，还有这么本书吗？等看到徐凤的卷子，瞧见这句话，恍然大悟，又找回刘的卷子，批道："不必全用《山河两界历》，显得啰唆。"最后，哥儿俩全没考上，两败俱伤。

看看，借书借出毛病来了，还毁前途、毁感情。

可是，书不外借，一直留在自己家里，就安全了吗？也未必。

回到杨守敬老先生。杨老先生是藏书家，又和许多藏书家是朋友，所以搜集了大量宋、元、明本图书。每本书，他都标注了是多少钱买来的，并且写出过若干年价钱要翻多少倍。怕什么啊？就是怕自己死后，这些书被子孙后代给贱卖了。怕什么来什么。他去世后，他的二儿子杨秋浦喜欢赌钱，赌输了就回家拿几本书卖掉，价格只是杨老先生的"进价"。等到杨秋浦死时，杨家的书已经没了，一部分流落到了日本，一部分进了北京图书馆。

前几天在网上的旧书论坛闲逛，看到有人发帖子，说某某大学某教授去世了，没两三个月，市面上就出现了大量他的藏书，不由得心生感慨。留那么多书，可惜子孙不识货，不珍惜。

书和人是有缘分的，缘分到了头，借也好，卖也好，就会离开主人，去寻找新的主人了。唯一让人欣慰的是，它们还在，还在被后来的人喜欢。

毁书毁得最干脆、最彻底的就是烧书。

元朝有位藏书家，叫庄蓼塘，家住松江府上海县青龙镇。这位庄先生当过南宋的秘书小史，家中藏书万卷，而且大量是手抄本。经史子集、稗官小说、山经地志无所不包，光书目就分了十门。庄先生去世后，子孙没把书当回事，虫蛀鼠啮、邻居盗窃、出售换酒……毁伤散落得就很多了。至正六年，元朝要开修宋辽金史，到处派官员搜罗民间图书。谁献上本好书，还给官职。江南藏书大家，庄先生算一个，朝廷知道这事，立刻派官员前来取书。

庄家的反应是什么呢？害怕藏书里有什么朝廷忌讳的文字，干犯禁条，抢先把书全给烧了——这情境，看着都眼熟吧？

等到朝廷官员到来，从余烬里抢出来的残本，已经所剩无几了。装了车，带着庄先生的孙子，一起进了北京。过了很久，小小庄才“布衣而归”。可见残书已无价值。

看着就让人伤心欲绝。毁什么，别毁书，王朔说过，书招谁惹谁了？

抄袭了，呵呵呵

古人没有著作权的概念，东抄西抄的事情经常发生，而且处理起来也没什么是非观念。《寄园寄所寄》里讲，顺治某年，胡道南、沈禹玉等几人去参加会试，考试前，大家猜题作文，胡道南写了篇文章，感觉不错，给大伙儿传阅。沈禹玉拿着不撒手，凝视良久，当时大伙儿还开玩笑呢，说沈同学你看这么久，不是打算抄袭吧？

事情就是这么凑巧，考试的时候恰好有这道题。交卷以后，考官一瞧，哎哟，怎么两张卷子的文章相同啊？这二位不是别人，正是胡道南和沈禹玉。按理说，相同答案的卷子，肯定全作废，可是考官不知道哪根儿筋动了，说这么好的文章，怎么也得录取一个吧？最后，竟然采取的是抓阄的形式，随便抓了一个出来。老天有眼，抓中的是胡道南。

这个胡道南不是晚清时因"出卖秋瑾"而被暗杀的胡道南，而是清初的一位官员，最后做到了福建道监察御史、太仆寺少卿。抄袭有多害人啊？要是抓阄抓错了，老胡这辈子不就毁了吗？

现在有著作权法了，抄袭会受法律制裁，但情况也好不到哪里去。有位抄人家小说拒不道歉的，不仅发了财，还跑到中央电视台做公益广告，教别人怎么做人去了。这就是传说中的洗白。某个剧作者被控抄袭，被抄的琼瑶阿姨都急眼了，可人家依旧振振有词，电视剧还在播，钱依旧挣，你奈我何啊?

比琼瑶阿姨名头更响亮的大文豪欧阳修，也遇到过被抄袭的事情。《东轩笔录》里讲，欧阳修在滑州当通判时，哥们儿宋子京跟他说："有某大官酷爱你的文章，托我来向你求稿子。"欧阳修说："好啊好啊。"拿了将近十篇稿子给宋子京。过了个把月，宋子京说："大官看了你的文章，不太喜欢，说你的水平怎么下降得那么厉害?"欧阳修嘿嘿一笑没说话，这事儿也没放心上。

谁知道这事儿只是个伏笔。后来欧阳修回京当了知制诰，坊间风传，某位大官（就是向欧阳修要稿子的那位），极力称赞一个叫丘良孙的人写的稿子。欧阳修心说这谁啊？还比我写得好啊，那我得学学。派人把丘良孙的文章找来看，一看就乐喷了，这不就是自己给宋子京转交的那几篇文章吗？除了署名变了什么都没变。

但这回，他还是没放在心上。

再后来，欧阳修出任河北都转运使，没事儿看邸报，看到丘良孙"以献文字，召试拜官"，就是因为文章写得好当官了，欧阳修登时心生怀疑。把丘良孙献上的那个"文字"找来一瞧，吓了一大跳。这篇文章是武将令狐挺写的《兵论》。丘良孙这小子抄自己的也就算了，这逮谁抄谁，可真让人受不了。

现在看来，这件事情很可能就是“某大官”为了抬举丘良孙，事先策划好的炒作。

欧阳修从此惦记上这事儿了。后来当了侍从，在皇帝身边了，就找了个机会，把丘良孙抄袭的事情从头到尾说了一遍。宋仁宗听完后的第一反应是“骇怒”，要罢丘良孙的官。欧阳修还劝呢：“让他当官是当时失察了，现在朝廷已经任命了，再罢官有点儿多余……”

宋仁宗听了欧阳修的建议，没把丘良孙怎么样，只是笑了好长时间（但发笑者久之），这事有那么好笑吗？

通常认为，喜欢抄袭的都是籍籍无名的鼠辈，想抄了别人的谋上位，但也不尽然。名人抄名人的事情，也屡屡发生。

《容斋随笔》里就说，黄庭坚抄过白居易的诗。黄庭坚的《黔南十绝》，“尽取白乐天语”，“其七篇全用之，其三篇颇有改易”。十篇里有七篇是照抄的，三篇是改头换面的。作者洪迈举的例，白居易写《寄行简》：“相去六千里，地绝天邈然。十书九不达，何以开忧颜。渴人多梦饮，饥人多梦飧。春来梦何处，合眼到东川。”而黄庭坚把这首诗分为两首：“相望六千里，天地隔江山。十书九不达，何用一开颜。”“病人多梦医，囚人多梦赦。如何春来梦，合眼到乡社。”

这么干，基本等于把人家的一集剧本，变成两集吧？

抄袭者为自己辩解，有一个理由，就是“我这是借鉴，您不也借鉴过吗？”这事放在白居易身上还真有。洪迈说，白居易的诗和杜甫的诗也极其相像。如杜甫写过："夜足霑沙雨，春多逆水风。"白居易就把五言改成了七言："巫山暮足霑花雨，陇水春多逆浪风。"呵呵。

清末民初，已经有了著作权的概念（1910年颁布《大清著作权律》），可抄袭的事情依旧不断发生。《苦榴花馆杂记》作者汪恸尘就为自己的诗作被抄袭而愤愤不平。因为他创作的十四首诗，被京城某作曲者给剽窃了去，写成了歌，"投赠某坤伶"，而且还在一张报纸上发表了。"每一念及，犹觉轩渠。""轩渠"是笑的意思，他也觉得这事儿好笑。笑就是对付抄袭者的唯一方法吗？非也。为此，汪恸尘写了篇文章《抄袭》，介绍了大量当时抄袭、疑似抄袭以及转载不注明出处的事情，如《旧小说》杂志中署名陈鼎的《毛女传》，就是《簪云楼杂说》中的《坠崖妇》，诸如此类。后来汪恸尘的哥哥劝他："茫茫尘世中，哪有许多奇事？至于后世所称道者，无不为前人所说尽，则又安得不抄？"

汪恸尘认为他哥说的有道理，认了，写篇文章发发牢骚也就罢了，连那位剽窃他诗歌的作曲者是谁都没搞清楚。被抄袭者不较真，法律搁在那儿也罩不住，就算法院判了也可以不认错。抄袭者能巧舌如簧振振有词，显得比被抄的还理直气壮——这环境，简直就是抄袭者的天堂了，他不发财谁发财啊？

大学霸

年年高考，学霸迭生。中国可是考试大国，此时此刻，缅怀一下历朝历代的学霸们，豪气干云。

史上最牛考试高手大学霸是谁？传说是苏轼、苏辙兄弟。《师友谈记》里写这哥儿俩一起去参加考试，当时的首辅韩琦知道后，对在座的诸位客人说了一句话："二苏在此，还有那么多人敢参加考试啊？怎么回事？"此语传出，据说那次的考生"去者十八九矣"。散了吧，大学霸来了，大家别考了。

当时的考试，是定在农历八月，不巧，快考试了，苏辙病了。韩琦知道后直接找皇帝，说："今年来参考的人，就是苏轼、苏辙最有名望，可是苏辙生病了呀。如果这哥儿俩有一个不能参加考试，就有负众望，不如改期？"

皇帝居然同意了。

于是，考试向后延期二十天，改成了九月，而且以后就永远定在九月了。这算是因学霸而起的考试改革吧？

这些段子是不是真的？书里还特别注明了消息来源："东坡云"、"又云"。学霸自己说的，可见是第一手材料。

北宋的另一位学霸叫李觏。这位李学霸饱读诗书，就一本没看——《孟子》，他不喜欢这本书，看不下去。考试的时候，果真有道题，他想不起来路了，于是说："本人无书不读，就不爱看《孟子》，这道题我不知道，那一定出自《孟子》。"

猜出来了倒是答题啊，李学霸气性大，"拂袖而出"，不考了，留下了一个"人皆服其博"的名声。

李学霸此招不可取。这是干什么啊？用个人前途对抗整个考试制度吗？科举考试考考《孟子》，又有什么不可以？不喜欢就不答卷，太不合适。

真的学霸，应敢于直面变幻的社会，应敢于敲击惨淡的人生。

明清交接之际，战乱频生。《燕居续语》中讲到一位王玉殿，这人在崇祯年间考中了武解元，正准备参加会试呢，明朝没了。可他没有放弃，在顺治年间考中了会试第一，接着又拿下了殿试的第一名，玩儿了一个跨朝代的"连中三元"。之后去福建任职，与郑成功作战，先后升调陕西都督同知、天津总兵，退休后九十岁去世。这位武状元，可算考试牛人。

还有一位，生于清朝后期，黄冈人刘鹏。《世载堂杂忆》说他年少能文，就是考不过乡试。后来太平军打下武昌，开科取士，他小宇宙爆发了，一举拿下举人。再后来，世事变迁，太平军败亡，刘鹏的文凭不管事了，但他一直考心未泯。到了光绪十五年，张之洞开办两湖书院，那时年已七十岁的刘鹏还去报名读书，第二年，竟然又拿下了清朝的举人。这一下他出名了，人送绰号“真伪双料举人”。这也是考试牛人的一种，一辈子就奔考试去了。

就算是学霸、牛人，考试时也有一怕，就是怕外界干扰。所以现在每年高考，都严禁工地夜间施工，严禁学校周边噪声，让考生好好复习、休息。以前也一样，考生都要找一个安静的地方备考。这时候故事就来了——有两位学霸，一个叫孙毓汶，一个叫翁同龢，哥儿俩同在咸丰六年考中进士，孙是一甲第二名，翁是一甲第一名。接下来就要殿试争状元了。他们两家是世交，实力也不相上下，外界都认为，今科状元要在他们之中产生。

翁家离皇宫稍远，按例在考试头天晚上，要进城租个住处。恰巧孙家离皇宫近，就请翁同龢来家吃晚饭。翁同龢也没多想，吃就吃嘛，结果一顿饭吃个没完。那头孙毓汶早就睡了，孙家人还和翁同龢饭桌前海聊呢，翁同龢也不好意思走。直到半夜，孙家才说，哎呀！明天还考试呢，赶紧回去休息吧。

翁同龢回到住处，人刚躺下，周边突然鞭炮齐鸣，而且没完没了，闹得他一晚上失眠。第二天一早去考试，拿起笔来，头晕目眩，连题都看不下去，心说完了，这回要名落孙山了。可天无绝人之路，翁同龢一摸考袋，里面还有根人参。赶紧放嘴里嚼，这下才有了精神，发挥了学霸功力，答完卷子，夺下状元。

所以翁同龢又有个绰号，叫作“人参状元”。

考完了一放松，翁同龢这才琢磨过来，这都是孙家算计好的吧？太不仗义了。从此，翁、孙两家有了芥蒂，在政治上双方也成了对头，翁同龢是帝党，孙毓汶则是慈禧的支持者。两个学霸，斗得翻天覆地。

所以说，真正的学霸，不是自己学霸就行了，还得私心少点儿，至少照应下别人，就算是竞争，最好摆在明面儿上，使绊子、下黑脚，非学霸所为。

古人讲究风水之说。《春渚纪闻》记载，北宋浙江乌程（湖州）一带，有个余家。余家看宅子的时候，风水先生说某某处风水上佳，将来一定出学霸，必夺大魁。出人意料，余家最后选择了附近一块地居住，而那处好风水的地盘，余家也买下来，办起了县学。余家的想法是：“这块地风水这么好，与其惠及一家，不如惠及一郡。”瞧这觉悟多高啊。

后来这个县学里出了不少学霸，有余家的儿子余君厚，还有莫俦、贾安宅，都拿了状元。只是余家父子早逝，莫、贾二人，倒是风生水起，先后被宋朝重用，而且颇有文名。不过莫俦投金叛国，跟了张邦昌，留下了学霸污点，这是后话。

余家父子没有留下过多的事迹，但有这一条就足够了。那句话怎么说的来着？大家好才是真的好。

文人大话记

《唐语林》中记载，唐朝开元年间，皇帝收到了一封自荐信，写信的人叫常敬忠，号称自己有过目不忘的本事，看一遍千字文章，就能全背下来。

有这本事，也算是个人才吧。于是敕令下来，让他去中书省参加考试。他见到的是宰相张说。张说问：“你号称看一遍能背下千字文，那看十遍能背下万字文吗？”常敬忠答：“没这么干过，试试吧。”

看到第七遍时，常敬忠说：“行了，能背了。”张说道：“你别着急，还差三遍呢。”常敬忠反问：“七遍也是背，十遍也是背，七遍背下来，干吗要看十遍？”

他就开背了，果然从头到尾，一字不差。张说和小伙伴们都惊呆了。这人没吹牛，是真有这特长。

另一位参加考试的哥们儿就没这么顺利了。这位是宋朝人，叫苗振，是个文吏，打算考个官职，正式进入“公务员”行列。《东轩笔记》里讲，考试之前，他也见到了宰相——晏殊。晏殊还挺关照他，说：“你上班上久了，功课都生疏了吧？这几天，就抓紧温习一下吧。”苗振这人可相当自负，一梗脖子，道：“你见过当了三十年老娘，却把婴儿裹反了的吗？”

读书人都这个毛病，就觉得自己最牛。晏殊还能说什么啊？就“哼”了一声。

考试的题目也不算难，要求考生写一篇赋，以“王”字为韵脚。苗振上来就是一句：“率土之滨莫非王。”接着洋洋洒洒往下写——头句就写错了，能得高分吗？最后自然是落选了。

晏殊知道了，乐了：“这苗先生，还真把孩子裹反了。”

宋朝的另一位宰相王安石，是有名的改革家。可王安石还有个念头，打算当学术权威，所以写了套大书叫《字说》，具体内容就是每个字为什么这么念，为什么这么写，都要说出个由头，还要逼着别人读。据说其中很多牵强附会，解释都找不到根据，反正他自己这么想的，就这么解释了。讲字，也就成了他晚年的一大爱好。《邵氏闻到见后录》中说，有一次讲字，就有人问他：“‘覇’字，为什么头上有个‘西’呢？（‘覇’是‘霸’的异体字）”。王安石张嘴就来：“因为西方主杀伐。”接着就洋洋洒洒说下去了。说完了，人家又问：“那么，为什么又写成‘霸’，上面变成了‘雨’呢？”王安石磕巴没打就说：“如时雨化之耳。”嘿，他倒是真能圆回来。

嘴上没把门的，把话往大了说，一般都是过度自信。一自信了，就把自己琢磨的事情，当成了真的。《六研斋笔记》三笔卷一载，这种事米芾也干过。这位书法大家，牛到要预测自己的生死。有一次给别人写信，谈怎么缚毛笔，手一滑，末了开始吹："我有三支笔，可以用六十九年。我也就活到这个岁数。记住这岁数啊，肯定没说大了。"

按说米芾还挺谦虚，没像和尚、老道似的动不动就说自己能活几百上千年。可……这话还是说大了。他六十二岁就去世了，比自己说的，少了七年。

随口就来是文人的一个毛病，写《容斋随笔》的洪迈也有。这位把牛吹到了皇上面前。有一次宋孝宗和洪迈吃饭聊闲天儿，宋孝宗说："朕有个小爱好，没事儿的时候，喜欢搜集唐人绝句，现在啊，已经搜集了六百多首了。"

洪迈接上话了："根据臣的记忆，不止这个数。"

宋孝宗就问，那得有多少首啊？洪迈说，怎么也得有五千多首吧。

宋孝宗大惊："有这么多呀？那麻烦你了，给朕编个集子吧。"

洪迈这回可嘬了牙花子了，花了一年多的时间，到处搜集唐绝句。哪儿有五千首啊？一千首都凑不齐，也就六七百首。最后急眼了，把稗官小说、神仙鬼怪故事以及流传的妇人女子的诗歌，都算了进去，好歹交了作业。这属于说了大话，自己给自己挖了一个坑吧。

宋孝宗一瞧，就知道洪迈吹牛了。不过想想，也难为他啊，一年工夫凑了这么多东西，算博学。所以，也没生气，反而赏赐了不少东西。这一关，过得真不容易。

文人是疯子

文人有时候会发狠，发狠的对象是自己。北宋的宋祁就说过自己：我五十岁的时候，觉得四十九岁时写的东西都是瞎扯；到了六十岁，又觉得五十九岁以前写的不像话。每见旧作文章，憎之必欲烧弃。据说宋祁一生作文谨慎，他这是自我否定呢。看着宋祁这么狠，还有叫好的。梅尧臣听宋祁这么一说，大喜过望，道："先生文章又长进了。"

宋祁也只是想想，还有更狠的，真把自己十年的心血给烧了。蔡京主政的时候，天下禁苏学，苏东坡的书都不能看了。可就有那么一位，闭门谢客，自己宅在家里，安安静静注苏东坡的诗。这活儿一口气就干了十年，终于完成了。有人前来拜访，他挺自豪，指着案边几十本册子，说您随便看吧。

抽出一本，一翻就翻到了苏东坡的《和杨公济梅花十绝》，其中提到了"玉奴"。只见旁边的注释说：玉奴是齐东昏侯潘妃的小名。来访者问："您的注释就这么多？"回答："是啊。"来者说："东昏侯因为玉奴的缘故，身死国灭的事情，是这诗想说的。你怎么没写上啊？”注诗的人一听，恍然变色，立刻叫儿子举火，把自己的书全烧了，旁人怎么劝都不行，还说：“我花了十年工夫，要不是你指点一下，不就为大家耻笑了吗？”

这就是极端的完美主义者，容忍不下半点儿瑕疵。有点儿毛病，整个就不要了。文人做到极点，不少有这洁癖。写小说写到几万字，删了重写的人，也有的是。

然后呢？正因为字句都有斟酌，写成了就得意了，轻易不愿意别人改了。我这儿苦思冥想那么长时间才想好的，你随便一嘴就要改，谁受得了啊？好多文人不爱写电视剧，就是这个道理，一帮不知道哪儿钻出来的跟大骗子似的策划人，都没看完剧本呢上来就要人改，改几遍就成雷剧了。

唐朝著作郎孔至，写了本书叫《百家类例》，内容实际上就是“名门望族排行榜”。但他认为，燕公张说家是近代新门，不能上榜，就没列进去。这事儿被张说的儿子、驸马张垍知道了，挺不满意，对弟弟张埱说：“孔至就是个多事汉，天下族姓关你屁事啊，妄为升降。”张埱和孔至关系挺好，就原话转告，意思是能改就改改吧。

当时这本书已经在工部侍郎韦述那里审查了。韦述看完表示很好，说就这么印吧。没想到孔至心事重重，吞吞吐吐说这书还得改，改什么呀？孔至就把张垍的话说了。韦述说：“得了吧你，大丈夫奋笔为千古楷则，怎么能为一句话动摇？有死而已，改什么改！”这书到底也没改。

死活不愿意改文的还有一位，叫刘朝霞，唐朝人，拧巴着直接顶了皇帝。唐玄宗去华清宫玩，刘朝霞写了篇《驾幸温泉赋》献上去，全文华丽无比，看得唐玄宗心花怒放，打算要好好赏赐他。就一句，觉得不太满意，哪句呢？“今日是千年一遇，叩头莫五角六张。”“五角六张”就是七颠八倒的意思。皇帝就说：“你把‘五角六张’这个词儿改改吧。”没想到这位刘朝霞辩解道：“臣起草此赋时，如有神助，文不加点，笔不停辍，不愿从天而改。”得，顶撞上了。唐玄宗说：“你真是个穷薄人。”“穷薄”就是命运不济，赏赐减少，给了他个春官做。

穷薄人不止一个，还有个更穷薄的。这人叫穆修，北宋写散文的，学问好，文字好，就是脾气不好。本来当了个官，结果因为得罪了同事，远远地削籍贬职。后来没事了，可时运却一直不济，稍微挣点儿钱吧，要么就遇盗，要么就生病，全折腾出去，根本留不住。到了晚年，穆修生活很拮据，衣食不能自给，最后下决心，卖书去。他最崇拜柳宗元，找了本《柳宗元集》，自掏腰包找人刻版、印刷，印了几百本，拿到东京汴梁大相国寺，摆摊卖书去了。

这回是单干，不需要与别人合作了，总能赚几个钱吧？也没有。卖书就有人看啊，读书人一看卖书的，没问价，拿起来先翻翻，穆修不乐意了，觉得人家不问价就翻书，不礼貌，上去劈手把书抢回来，说：“看什么看啊，你能读下一篇来，断句没断错，我就白送一部给你！”透着就瞧不起人，透着人穷志不短。这么一来，在大相国寺摆摊一年，愣是一本都没卖出去。

文人疯到极点，什么事都干得出来。话说宋高宗赵构有把扇子，扇面是宋徽宗画的，宋高宗常常拿着这把扇子把玩、发呆，有时候还流泪，想起被掳的徽钦二帝了。反正，这把扇子是他的心爱之物。这么金贵的扇子，旁人都好奇，就有太监偷着把它带回家里，想仔细看看。这太监有个文人哥们儿，叫康与之，晚上过来喝酒，太监就把扇子拿出来显摆，康与之呢？喝到最后喝高了，趁着太监出去拿菜，提起笔来就在扇面上写了几句：“玉辇宸游事已空，尚馀奎藻绘春风。年年花鸟无穷恨，尽在苍梧夕照中。”

太监回来一瞧，这是摊上大事儿了，叫苦不迭。再看康与之，早醉得人事不知。太监没了辙，第二天只好找皇帝，老实交代这祸是怎么闯的。

宋高宗的第一反应当然是勃然大怒，立刻要扇子看。等看到扇子上这首诗，脸色缓和了，接着又是哭。得，康与之这个雷就这么逃过去了。这是命好，不穷薄，不过也是一时的。康与之后来成了秦桧一党，一度风光，秦桧倒台后，先发雷州，后转新州，死了。

要说最倒霉的文人，非唐朝范液莫属。他怎么那么倒霉呢，先去投奔李邕，一到那儿李邕死了；又去投奔张守珪，可张守珪也死了。范液就写了首自嘲诗：“举意三江竭，兴心四海枯。南游李邕死，北望守珪殂。”

没地方去，范液就暂时去他叔叔范纯那儿住着。范纯可是大款，有钱，养个范液没问题，缺什么给什么。有天范纯闲着没事儿跟范液逗咳嗽：“我说，你这么有才，可又贫迫至此，写首诗讲讲自己吧。”

范液提笔就来：“长吟太息问皇天，神道由来也已偏。一名国士皆贫病，但是裨兵总有钱。”

范纯拿诗一看，乐了：“大侄子，你发牢骚没关系，你……骂我干吗啊？”

谁都有背面

古书里，伯夷、叔齐大多以正面形象出现，宁死不食周粟，最后饿死在首阳山中。提到忠诚、提到坚持，好多人都要提这二位，虽然他们效忠的那个朝代已经因为暴虐无道灭亡了。

现在揭点儿内幕。清朝俞樾援引古书，讲了下伯夷、叔齐饿死的经过。古书说，伯夷、叔齐决定不食周粟，采薇而食。他们遇到一个妇人，妇人说："你们义不食周粟，有骨气。可你们还住在周朝的山里，吃的也是周朝的草木啊，这事儿咋解释？"得女人一句话，把哥儿俩噎那儿了。想半天，周薇也不能吃，于是饿死。

真是饿死的吗？还有内幕。话说伯夷、叔齐连周薇也不吃了以后，饿得头昏眼花，终于感动了上苍。七天后，上天派了只白鹿来，给他们提供鹿奶喝。喝了几天鹿奶，二位缓过来了，商量说："这鹿肉，食之必美。"这一嘀咕，鹿心里就明白了，得，再也不来了。于是，伯夷、叔齐饿死。

俞樾还引梁元帝《金楼子》说，伯夷、叔齐“不食周粟，饿于首阳，依麋鹿以为群。叔齐起害鹿，鹿死，伯夷恚之而死。”这又是另一个版本了，但大同小异。

谁都不是圣人。就算伯夷、叔齐是因为害鹿而死，也无损于他们与周朝划清界限的态度。都饿成那样了，动点儿私心也完全可以理解。有瑕疵，却也完全可以理解。

还有不少可以聊的八卦。比如韩愈——唐宋八大家之首。他不仅文章写得好，胆子也不小，皇帝要迎佛骨去，他却给皇帝写了篇《论佛骨表》，建议将佛骨“投诸水火，永绝根本，断天下之疑，绝后代之惑。”气得皇帝差点儿宰了他。

可胆子再大也是有限的。说起来不敢相信，韩愈还被吓哭过。那是他去爬华山。华山险啊，韩愈爬上去了，却不敢下来了，于是“发狂大哭”，还写了份遗书。真应了那句话，个子高未必够得着蚂蚁后背，大英雄没准还就害怕老鼠。

韩愈的话把儿一直传到宋朝。那时候欧阳修和晏殊不大对付，俩人互相说对方坏话。有天晏殊看见一幅韩愈的画像，立刻说：“这人长得真像欧阳修啊，说不定欧阳修就是韩愈的后人呢。切，我看重他的文章，不看重他的为人。”这话传到欧阳修那里，欧阳修也不含糊，逢人就说：“晏先生写小词最好，其次是诗，文章又次于诗，至于人品，比文章还差劲。”瞧瞧，心眼儿都不大，都是毒舌。

现在来说说苏东坡。苏东坡和他弟弟苏辙去考试，有道题把苏东坡给难住了，他想不起来这道题的出处是哪儿了，对着卷子直叹气，抬眼瞧了眼苏辙。要不怎么说兄弟心通呢，苏辙也看见他哥在那儿皱眉了，便不经意地拿起毛笔，敲了敲笔管。苏东坡恍然大悟，呃，《管子注》啊。

这算作弊吗？

二位过了这关，要参加“御试”，又发上愁了。问他爹，我们哥俩要是一个考上了一个没考上，怎么办啊？得想个万全之策。姜还是老的辣，老苏说：“我有个办法能叫你们全考上。拿到题目，一个‘和之’，一个‘骂之’，齐活。”这招还真灵，这回哥儿俩又过了。

投机取巧的事儿文人可真干过不少。写《梦溪笔谈》的沈括就是一位。王安石变法失败，免职了，吴充当上了丞相，沈括写了个密陈报告，向吴充说了新法的种种不好。吴丞相自然把这份文件交给了皇帝。御史蔡确立刻参了沈括一本：“当年王安石新法实行的时候，朝廷不放心，还特别派官员们四处查访，问问老百姓对新法有啥意见没。沈括是两浙路查访使，回来就说新法多么多么好，百姓多么多么欢迎，朝廷这才放心推广新法。合着现在新法实行不下去了，王安石倒台了，他又开始说新法种种不是，这不是自己抽自己嘴巴吗？再说他有什么话直接跟陛下说啊，又想站对队伍，又不想明确表态，偷偷跟丞相那儿上书，想让丞相替他说话，这属于挟邪害正，太鸡贼。”几句话下来，皇帝觉得沈括这人人品真不行，贬官，出京，走人吧。

这些，都叫作人格缺陷吧？或者，谁都有自己的小格局，留神了不露，一不留神就露了。

最后说说辛弃疾，词写得好，还特别自恋。每次请吃饭，一定要叫歌妓来唱他的词。他自己最喜欢的是《贺新郎》那句："我见青山多妩媚，料青山见我应如是。"经常自己念叨这句，还摸着大腿傻乎乎地笑出声来。这就叫自恋。

后来写出更火的《永遇乐》了："千古江山，英雄无觅，孙仲谋处……"得意得不行，"特置酒招数客，使妓迭歌，益自击节。"还问大伙儿这词有啥问题没。大家哪敢说不好啊，一个劲儿夸，有人试着说几句，不中意，就不搭茬儿，继续四顾，找人提意见。

这时候旁边有一小伙子出声了："您是真的想征求意见吗？那我说两句？"

辛弃疾说："好啊好啊，继续继续。"

小伙子说："头一段我见青山多妩媚，和后面那句不恨古人吾不见，恨古人不见吾狂耳，意思有点儿重复。至于千古江山这首，是不是用典太多啦？"

辛弃疾一琢磨，还真是这么回事，立刻坐到小伙子身边来，夸他切中自己的要害。这小伙子叫岳珂，是岳飞的孙子。

第二天开始，辛弃疾就开始改词，"日数十易，累月犹未竟。"看，自恋也是没问题的，关键是能及时醒过来。好话听多了醒不过来，那就真全是背面儿了。

合时宜

当文化人看似没什么成本，其实却要承担许多风险。哪句话说得不合适了，轻则毙稿子删帖，活儿白干了；重则封禁下狱掉脑袋，那是连命都不要了。

不过自古至今，大多数文化人都讲究风骨，胆子大宁死不屈的有，大多数胆小的，不让说的可以不说，但被逼着说假话也不行，宁可当哑巴，也不违心，大把时间去钻学问，忍穷受苦没关系，底线再低，也算是有一条。

但功利之心，总是有的，文化圈里概莫能外。总会有人跃跃欲试，靠着左右摇移谋上位。比较典型的，宋神宗时有个词人叫李师中，《东轩笔录》记载，此人一直和王安石不对付，所发言论，也和王安石的观点多有抵触。可等到王安石权倾一时威风无限的时候，李师中突然来了个否定自我，改口狂赞老王了。不仅改了口，而且还在王安石任职过的舒州，修了个纪念亭，来表明自己“坚定”的立场。再往后，有人上书抨击王安石的“新政”，李师中还愤愤不平了，一口气写了十篇《巷议》，内容都是街头

"采访"的老百姓所说，对"新政"交口称赞的甜言蜜语。李师中写完《巷议》，就直接把文章寄给了王安石，想让老王看看自己鲜明的态度。

好在王安石脑子还清楚，"薄其翻覆，尤不礼之"，压根儿就不搭理这位主动背书的主儿。

除了立场反复，文化人要合时宜，还会有另外一招：粉饰。简单的粉饰，就是用美丽的言辞，去渲染本来悲惨之意。当年宋仁宗手下负责批复文件的翰林学士彭乘就是这么一位，写批复跟写言情电视剧似的。边关将领有事，想要来京见见皇帝，皇帝说："让他秋凉后再来吧。"彭乘便批复道："当似萧萧之候，爰堪靡靡之行。"有位官员去四川上任，刚到任上，就遇到大饥荒，灾民遍地，该官员自作主张，开仓放粮，之后写了检讨送到朝廷，请求处分，彭乘又批道："才度岩岩之险，便兴恻恻之情。"这位把多重大的事情，都搞成诗情画意，让同僚们烦不胜烦。后来彭乘去世，大家似乎都松了口气，还有人幸灾乐祸写了挽词："最是萧萧句，无人继后风。"可惜了，写挽词的这位高兴得太早了，甜蜜蜜无视现实的文风一直都在，一直都有，千年不散，沁人心脾，麻醉众生。

简单的文辞粉饰，比较低级，也容易被识破，高级一点儿的粉饰则极度被当权者青睐——具体的做法是，动脑筋想办法，把缺点变成优点，把猥琐变成高大上。典型案例发生在五代十国那段儿，当时军阀混战，大军阀李克用盘踞河东，淮南军阀杨行密就特别想知道，李克用长得啥样。于是他派出了间谍，这位间谍是个画家，杨行密给的任务很简单也很棘手，就是接近李克用，把他画下来，把画像带回来，便是大功一件。

可惜这任务没完成好，间谍画家被捕了，被带到李克用面前。一照面才知道，这李克用是个独眼龙，一只眼是瞎的。李克用说："杨行密让你来画我，那你一定手艺不错啊。今天你就画，要是没画好，不够十分像，我脚下的台阶，就是你的死地。"

画家一瞧，这么丑可怎么画啊？画漂亮了他说不像，画丑了他又不高兴，这左右都是死嘛。再仔细打量，发现李克用手里拿了把扇子，于是计上心来，画了一张李克用尤拿扇子半遮面，把那只瞎眼给挡上了。

李克用一看，非常不高兴，说了句："你这不是画我，是谄媚我。"半边脸没画，不真实嘛，再给次机会，重画。

这回画家心里倒是有谱了，他画了李克用弯弓搭箭，正在瞄准——瞄准嘛，当然要闭一只眼了，这就把李克用的缺陷全遮盖了，不仅遮盖，还威风凛凛了。李克用一看，大喜过望，不仅不杀，还给了重金，放人。

文化人攀龙附凤去迎合时宜，有的为命，有的为前途，不停地改变自己的立场，基本上是因为从来没有为良心、责任考虑过。如果是真考虑过了，仍然喜欢由衷的"赞美"，则说明智力存在问题。即便是最完美的权力机构、貌似品质无瑕的官员，都有批评的余地。毫无顾忌地一味赞许，甚至绞尽脑汁地赞许，只能说明急功近利的迫切，说明此人非常愿意被权力利用。此时此刻，文笔与修养都已经不重要了，重要的是心智已蒙，精明的只有那双滴溜溜转的大眼睛。

也有文化人并非因为有意，而只是恰好迎合了当时主政者的意图，因此被推上了前台。如宋宁宗嘉定年间的状元袁甫，就是这么上位的。考试的时候，负责阅卷的大臣真德秀把几份答得不错的卷子给同事叶绍翁看，让他猜谁能得状元。叶看了第一份，觉得“尽用老师宿儒遗论”，写得很不错。再看第二份，讲的是“国事”与“国论”的关系，大意是“国事”全是干实事，“国论”比较空泛，所以为国家办事，应该参考下“国论”，但想发表“国论”，一定要体会“国事”。叶绍翁说，从逻辑上说，第二篇似乎不如第一篇，但第二篇立意出于调停，应当能拿状元。当时的背景，南宋刚北伐失败不久，元气大伤，再谈“恢复中原”的“国论”已经如同说梦，袁甫的这篇“国事国论”，显然为主和者提供了一种理论开脱。

果然，经过激烈争论，状元归了袁甫，理由就是三个字：合时宜。

合时宜，怕是千百年的封建王朝对文化人的不变要求。合时宜了，自己看着才高兴，给老百姓看了，还能画饼。

当然，合时宜并不能完全避免风险，拍马屁差点儿拍出大事儿来的也有。《坚瓠集》中所载，某巡按为魏忠贤造生祠，就差点儿断送了前途。这位巡按造好生祠，还写了副歌颂魏忠贤的对联：至圣至神，中乾坤而立极；允文允武，并日月以常新。魏忠贤是个没文化的，看了不明白，问旁边人是什么？回答：“这是御史给爷作对（作对联）啊。”魏忠贤一听勃然大怒：“多大官啊敢和我作对？”非要把这人抓起来。左右费了大劲儿，解释半天，才算说明白了。

这个段子广为流传，甚至都被编排到了相声里。发生这种事可能偶然，因为当权者像魏忠贤般文化水平太低的很少，更多的风险来自时宜变得太快，今天还合时宜呢，明天突然不合了，就会立刻被抛弃，有时候下场还很惨。比如文章开头提到的李师中，最后就被贬官了，贬他的不是别人，正是王安石的得力干将，后来又和王安石翻脸的吕惠卿。

办报奇遇记

1785年，英国的《泰晤士报》出版。当时的英国政府可不愿意有这么个报纸整天念叨自己，可又找不出不让它出版的理由，就想了个办法，收税。每出售一份报纸，收税四便士。税一重，报纸售价就上去了，一般群众还看不起了，发行大受影响。不过摊贩们也有自己的办法。你限购不是吗？那好我不卖了，出租总行了吧？租一份报纸看，只收费一便士。

对于这种做法，英国政府的态度是什么呢？重罚。对出租报纸者科以罚金五十英镑。

至于沙皇统治下的俄罗斯，做得就更过分了。有的报纸鼓吹无政府主义，支持虚无党，政府经常命令军警干涉，拘捕报纸主笔，不少人还被流放到冰天雪地的西伯利亚去。

这些事情，都是清朝末年中国的报纸刊登的。民国笔记《苦榴花杂记》援引1903年12月2日的《新民丛报》，说起这些事，评论道："今日中国政府，时时有禁阻新闻纸之事。然此等举动，非独中国有之，昔日各国，亦多有类此者。而从今日文化发达之后，追思当日政府之状态，实多有可笑者。虽然，文明高下之程度，则固可由此而见也……特在英国，则已成为笑谈既往之轶事，而在中国，则犹视为正当不易之政策。”

每当有社会大变革要发生时，媒体就特别繁荣发达，清朝末年也不例外。清朝的报纸有好几种，一种是官办的“官报”，由各地政府出资创办，基本都是官样文章，甚至不讲究文法，毫无可读性，被称为“三无报纸”（无新闻、无评论、无副刊）。还有一种是民办的报纸，经常受到打压，不过往往也有官僚在幕后支持。再有一种，就是洋报纸了，大股东往往是洋人，政府轻易不敢动，说些过分的话，政府也只好忍着。这里面办得比较有名的是《万国公报》，据说八国联军打进北京时，在光绪皇帝住过的宫中发现了整套的《万国公报》，这让报社大受鼓舞——你们瞧瞧，我们报纸的读者都是谁？

《北京报刊史话》介绍，对付民办、商办的报纸，清政府可是厉害多了。1905年，北京的《中华报》独家报道了在天津的北洋军务处秘密处死康梁同党的消息，让袁世凯大为震怒，立马查封了这家报纸，罪名是“妄议朝政，捏造谣言，附和匪党，肆为评论”。报人杭辛斋被递解回原籍，彭翼仲发配新疆，监禁十年。

这个狠劲儿比沙皇一点儿都不差吧？

还有更狠的。1903年，清朝正和沙皇密谈《中俄密约》，结果这事儿被天津的《新闻报》捅了出来。慈禧大怒，将三十一岁的记者沈荩拿到刑部，判斩立决。因为正赶上慈禧生日，砍人不吉利，又改成杖毙。为此刑部还特制了大板子。沈荩被打到二百多板子的时候，已经“血肉飞裂”、“骨已如粉”，板子打上去都没声音了。打完了，大家都以为他死了，没想到沈荩念叨：“我怎么还没死啊……”最后，还是用绳子绞死了他。

情况如此详尽，是因为自沈荩被捕之后，天津《大公报》就一直在追踪报道此事。沈荩的惨死，也导致中外舆论鼎沸，清政府的形象瞬间崩坏，各国公使夫人们见到慈禧，也总说沈荩冤枉，弄得老佛爷颇有悔意。沈荩是第一个被清政府处死的记者，此后受这样酷刑的，也没有了。当然，监禁、流放、罚款还是络绎不绝的。

为了保护自己，当时国内的许多报纸，都想办法找个洋靠山，让洋人入股，或者在租界办报。这样相对安全一点儿，但注意，只是相对的。

上海租界里有一份报纸叫《苏报》，向来激进，在章士钊当了主笔之后，不仅发表了邹容的《革命军》，还发表章太炎的文章，把光绪皇帝都给骂了。这一下，就是再有背景，朝廷也坐不住了，和租界谈判，最后由西捕出面抓人。章太炎被判了三年，主动投案的邹容却病死狱中。

这件事情和沈荩案时间差不多，可能是因为涉及租界吧，好歹是由法庭审判了。

当然，对付报纸，清政府还有特别的办法——比如出钱。

《纸上的火焰——1815-1915年的报界与国运》写道，1908年，上海道台蔡乃煌就干过这样的事情。他的办法是两个：一是自己出资创办报纸，貌似民办，实则官办，占领舆论阵地，出现“主流声音”；二是出资入股或者收购民营报纸，然后利用出资人的影响力，让这些报纸转向。不过这种“文明”的办法只能对濒临生存困境的小报管用，大报也不灵。后来，蔡乃煌的靠山端方，因为派人在慈禧和光绪的葬礼上照相，以“大不敬”罪名罢官，蔡乃煌也受牵连被撤职，他的渗透计划也戛然而止了。

天雷滚滚

唐朝有御史台，御史台干吗的？提意见的，而且有任务量。每一百天，必须提一条，提不出来，您这御史就别干了，外放出京。就有这么一位御史，叫王平。别人期限快到了，绞尽脑汁，急得跟热锅上的蚂蚁一般，王平倒好，不慌不忙，一副胸有成竹的样儿。同事们瞧他神情，都琢磨："老王这是……手里捏着大事儿呢？"

果真，到点了，王平的奏折也上去了。大家好奇啊，他弹劾谁了？说的什么国计民生呢？万万没想到，王平弹劾的是宫里的御厨，他竟然在御膳里发现了一根头发。想想看，这要是皇家的人，吃饭吃出根头发来，会有什么后果？"是何穆若之容，忽睹卷如之状。"这还不严重吗？

"雷人提案"，避重就轻，这算一种，净拣招不招边儿的事说。

也有着边儿的，就是边儿着得有点儿大……

遇到事儿的叫晏殊，北宋名相，而且特有才华。有才华的人都惜才，晏殊喜欢的这位，是翰林学士，叫宋祁，就是和欧阳修修《新唐书》的那位。喜欢到什么程度呢？在自己家旁边买了一处宅子，请宋祁过来住，为的是能“旦夕相见”。中秋节，请宋祁来家吃饭，不仅饮酒赋诗，还召妓，玩得不亦乐乎，直到天亮。结果第二天，晏殊罢相了。罢相的文件是宋祁起草的，里面提到晏殊“广营产以殖私，多役兵而规利”，反正是个贪官，不是好人。这文儿写得可够雷嘛！《东轩笔录》中说，宋祁挥毫之际，昨儿晚上的酒味儿还没散呢……

运气不好，就总会遇到雷人的事情，一直到老。晏殊老了，生了重病，皇帝心疼了，要来看看老干部。还没来呢，家里人跟他说：“皇帝车驾一出，肯定要带着纸钱来。因为大臣病入膏肓了，说不定就死了，所以得带纸钱，连看望带凭吊，免得还得再来一趟。”

看望病人带着纸钱，这是盼着病好啊还是不好啊？晏殊一听，赶紧给皇帝上奏：“臣好得差不多了，皇上别来了行吗？”

皇上见晏殊没事了，就没来。几天后，晏殊死了。君臣这最后一面儿，愣是没见上。

好在晏殊遇到的雷人雷事，都是针对个人的，对大众没啥影响。到了南宋，经常冒头的雷人事儿，可就影响民生了。比如，宋高宗绍兴五年，搞了个大赦，要是大赦犯人什么的好理解，可皇上这回大赦的是民间债务——凡是欠债三年以上的，都不用还了。这慷民间之慨，可真大方，反正欠的不是皇帝的钱，那些借钱出去的人叫苦不迭。可苦还在后面呢，宋孝宗淳熙改元，也来这么一出：“凡民间所欠债负，不以久近多少，一切除放。”全都免债了。有些人头天刚借钱出去，第二天旨意就颁布了，利息一点儿没有不说，本钱也没了。管这事的官员何澹一看不好，赶紧建议修改政策：本钱还是得还的嘛，利息就算了。

这政策雷得外焦里嫩了吧？用今天的话说，就是拿行政手段干预市场，不让人好好过日子。

皇上稀里糊涂，大臣也有稀里糊涂的。《四朝闻见录》里就说，浙西有大臣许某，被监察官（台臣）参了一本，说他在国丧期间奏乐，自己的住宅还侵占了学宫的地盘。根据是什么呢？是一首儿歌：“笙歌拥出画堂来，国恤亲丧总不知。府第更侵夫子庙，无君无父亦无师。”这位监察官没去作调查，就凭这首儿歌上了劾章，不知道这是“仇家飞谣”。

不认真的监察官哪朝都有。清朝宣统年间，江西道监察御史赵熙参了黑龙江巡抚陈照常一本。可朝廷接到劾本就晕了，因为根本没陈照常这个人。后来琢磨半天算是明白了，赵御史把人家名字写错了，人家是陈昭常。可名字对了还是晕，因为这位陈昭常不是黑龙江巡抚，而是吉林巡抚。你说这提案提的，靠谱吗？

更不靠谱的是广东道监察御史胡思敬。他弹劾的是皇帝的老师陆润庠，因为老陆要请假，回家去修墓。胡思敬说，国事现在如此艰难，怎么能因私请假呢？修墓这种事，老陆完全可以委托自己的儿子陆大坊去干嘛。但问题是，胡思敬完全记串了，陆大坊不是陆润庠的儿子，他是前都御使陆宝忠的儿子，一个典型的张冠李戴。难怪后来报纸评价这两个提案时说：“夫以乌台弹劾，何等庄严？而两人荒谬绝伦，竟如出一辙，满清又安得不亡？”

光绪三十三年，湖广总督张之洞升任军机大臣，去北京就职了。张之洞在湖北办了不少好事，搞东南互保，办学堂、兴实业，说得上德高望重。人要走了，湖北人民当然要纪念一下，于是军界出钱，修了个抱冰楼（张之洞号抱冰），学界筹资，修了个风度楼。据说还要在楼里安置张之洞的石像和铜像。慢慢这事就变了味儿了，成了大操大办。张之洞知道后赶紧发电报，说自己在湖北也没干什么，想干的事情，也就干了十之二三，这么做很不合适。可一封电报挡得住吗？那些楼还是竣工了。为此，张之洞只好把风度楼改名叫奥略楼，取“恢弘奥略，镇绥南海”之意，大概就是这楼不能和我个人有关，就让它保一方平安吧。

到此为止吧？不。两湖书院著名“教授”梁鼎芬，有了个雷人的建议，给张之洞建立生祠，选址在卓刀泉关帝庙（今华中师大东门外）。结果马屁拍在马腿上，张之洞闻讯大怒。打电报给梁鼎芬说：你也是文化人，教了多少年书了。你傻啊？你不知道啊？卓刀泉寺那地方是当年魏忠贤的生祠，魏忠贤倒台了才改成关帝庙。你在那儿给我建生祠什么意思？拿我和魏忠贤比吗？赶紧停工。

多少年过去了，可往马腿上拍马屁的事，不还在上演吗？

甲午年，要开战

120 多年前的甲午，大清正处在纠结之中。此前，朝鲜多次发生内乱，大清出兵帮助稳定了局面，所以甲午年朝鲜再次出现政局动荡之时，袁世凯电李鸿章调兵守汉城（今首尔），李鸿章未曾犹豫，就派直隶提督叶志超等人统兵赴朝。

然后日本人就来了，和清军在朝鲜对峙。

怎么办？大臣们要商量商量。跟所有战争前夕的官场一样，大臣们分成了“鹰派”和“鸽派”。很显然李鸿章是“鸽派”，他已经感觉到了味道不对，上书请求撤兵。但这个时候，“鹰派”的翁同龢、李鸿藻等人却主张一战。他们找到了一个关键人物——新科状元张謇，让他来分析形势，作出判断。

为什么要找张謇这个读书人作决断呢？因为张謇不是简单的读书人，十年前他就跟随吴长庆、袁世凯等人去过朝鲜，在平复朝鲜局势的过程中出谋划策。所以，他是个朝鲜通。加上又是翁同龢的得意门生，主战的“鹰派”们自然要让他多发表意见。

张謇的意见是：“以日本蕞尔小国，何足以抗中国大兵？非大创之，不足以示威而免患。”

这口气，和现在在微博上的过激言论差不多。的确，张謇在朝鲜的时候，日本和清军打交道，从来没占到过便宜。只是他忘了一点，他已经回国多年，这几年的主要精力都放在考状元上。甲午年的日本，和十年前的日本，已经大不相同。

同为翁同龢门生、也在朝鲜待过的王伯恭也找到翁同龢。他却站在李鸿章一边，劝说不要轻启战端。他们的对话是这样的：

王：古话说，临事而惧。何况咱们的器械训练，百不如人。怎么能放胆尝试（打仗）呢？

翁：李鸿章治军数十年，屡平大患。现在他的北洋水陆两军，搞得热火朝天，难道打不了一仗吗？

王：知己知彼才百战百胜，如果确实不如人家，就打不赢。

翁：张季直（张謇）都和我说了，和日本开战的话，海军应该是主力。北洋海军，船只吨数，倍于日本，镇远、定远这样的巨舰，日本也没有。所以我们有制海权。至于陆军，日本和我们实力相当，在朝鲜狭长地带上对峙，我们占有地理上的优势。

王伯恭说不过翁同龢，走了。他的朋友还笑话他：“你就是一孝廉，说话当然没状元（张謇）有分量了。”

翁同龢的情报准确吗？在海军的估算上，几乎是完全错误的。在张謇回国的这段日子里，日本搞了个扩军计划，国民收入的六成拿来买装备了，天皇捐钱、官员扣工资，都充了军费，仅仅用了几年，把海军军舰的总吨位大幅度提高，还装备了先进的速射炮（北洋海军没有），实力已经远远地超过了北洋海军。要是翁同龢和张謇知道了这些，不知道还会不会主战。

“鸽派”一方，除了李鸿章不愿意打仗之外，军机大臣孙毓汶也不主张打仗，“以鸿章为有见地”。但一谈不打仗，就“为举朝所诃”。有人说，甲午之战，是袁世凯埋的根儿、翁同龢主的事儿、张謇促成的。还有人把主战派誉为“前八仙”，比如统领军机的礼亲王就是曹国舅，李鸿藻是张果老，翁同龢是吕洞宾，等等。至于张謇，没排上号，只是个背葫芦的仙童。不过这仙童却威力最大，葫芦里拿出的全是“主战药”，“最能左右八仙”。

除了这几位“鹰派”仙人外，还有一位“地仙”叫陈湜。他是湘军的老将，廷议由他统领山海关内外兵马，这就是要参战。结果他一出门就从马上掉下来，摔断右臂，不能视事，最后改派刘坤一了。所以人们称之为“地仙”，意思是他会土遁。不过陈湜还是参加了战事，接替聂士成守摩天岭，还守住了。

甲午战争清朝打得一塌糊涂，战败议和，又有了一个“后八仙”的称号，当然是指“鸽派”了。“战事败绩，后八仙乃出而大奏主和仙乐”，翰林院五十六人联名要求恭亲王出面管事，恭亲王、李鸿章、孙毓汶等人都在“后八仙”内。有趣的是，“后八仙”还包括翁同龢。翁同龢原来是主张继续打下去坚决反对和谈的，后来曾经在日本当过大使馆领事的郑孝胥找到他，“力陈利害”，翁同龢的态度就转变了。当时北京坊间的笑话是：张仙童把葫芦给了郑仙童，大卖阳和大补膏。

有些人认为甲午战争的“鹰派”与“鸽派”之争，本质上是帝后之争。其实也未必，个人觉得，帝后之争不是战争之因，而是战争带来的结果。

甲午战败，朝廷里的清流派大臣们受到打击。以前大多数人是瞧不起洋务派的，他们讥讽李鸿章是“佩六国相印”，说李鸿章的干儿子、出使日本大臣李经方是“东洋女婿”，外交官裕庚则是“洋乌龟”，认为这些洋务人员不是士大夫。战败以后，洋务派显然占了上风。战败之事，给了清流派们很大刺激。谁都想富国强民，翁同龢他们就变成了维新派。

至于张謇，他不久就去张之洞那里办实业去了。他是个成功的实业家、金融家和教育家，但他不是一个出色的政治家。

真相记

现在互联网舆论，说风就是雨。人人都喊要真相，可许多事情，真相出来需要时间。没耐心的人，出事就大加挞伐，过上没两天被打脸的事经常发生。

人言可畏，舆论如刀，小心杀人。

冤枉人的事儿自古就有，即便在信息不发达的彼时，闹出的动静也不小。《南村辍耕录》记载，江东某地，某人早起卖菜，在路边拾得至元钞十五锭，拿回家交给母亲。母亲大惊，说这不是咱们的钱，不能往家拿，要求儿子去原地等失主。按理说，这是不贪小利最为品德高尚的事情。可是，儿子为这事儿被讹上了。

老实巴交的乡下人，回到原地等失主到来。失主真的找来了，乡下小伙数都没数，就把钱还给人家了。围观的人还议论呢，觉得失主该拿出一部分钱谢谢小伙，没想到失主发话了："我丢的钱是三十锭！"

这就说不清楚了，吵吵闹闹，二人扭到官府去。好在负责案件的官员脑子清楚，看了俩人的陈述词，又另外询问了小伙的母亲，最后对那位失主说："你说你丢了三十锭，小伙要是捡了，一定是你的钱。可现在他只捡了十五锭。天下丢钱的人多了，这钱就不是你的，说不定还是上天送给他母亲养老的。三十锭和十五锭差别还是不小的，你要不去别处再找找吧。"

这十五锭，就判给那对拾金不昧的母子了。讹人失败，"闻者称快"。

这是正面的例子。也有反面的，造成的后果相当严重。

也是元朝，江南钱塘，有位先生，名叫吾衍。老先生出身名门，父亲是宋朝的太学生，自己又不求名利，教几十个孩子读书，弹琴吹箫会音乐，还写了不少书，生活自得其乐，声名也不错。就一条，四十岁了没老婆，是个老光棍。朋友好心，说下了一个酒家女嫁他，这也算是成就一桩好事吧。

问题就出在这个姑娘身上。以前闹饥荒，这女孩嫁过人，然后就跑了。嫁了先生，消息传出去，前夫不干了，告上了官府。这时候，这位先生还把女孩的父母接到家里住，偏偏这对父母干着见不得人的事情——伪造楮币（纸币的代称），身上还带着不少。官府为了婚姻纠纷的事到先生家找人，结果连人带假币全部查获。这位稀里糊涂的吾衍先生也一起被衙役们绳捆链牵地往官府带，这不是游街吗？读书人感到受了莫大的侮辱。

半路上，遇到当地的录事（相当于官府秘书），认得老先生，赶紧给人家松绑。说这事儿先生也不知情啊，抓他干嘛？人就给放了。回到家，老先生越想越憋屈，平白无故受多大委屈啊？第二天就失踪了。人们在他留下的一首诗里，找到“西泠桥外断桥边”这么句话，断定他是自杀，赶紧去找，只找到了他的一只鞋。九十天后，终于在湖里找到了他的尸首。

所以说，真相很重要。真相没闹清楚，最倒霉的是当事人，舆论真的能杀人。

清书《闲谈消夏录》里有另外一则故事，更为惨烈。说的是东台有户汪姓人家，家道富足，而且有个资质聪慧的独生女，许配给了读书人陶某。但陶家比较清贫，有一阵实在没钱了，陶某只好派仆人去汪家借钱。当时汪父不在家，小姐一听是未婚夫借钱，赶紧找了两件衣服，中间裹了银票，交给仆人，说你回家让你家主人仔细看看。

小陶属于穷昏了头，一见衣服，就让仆人赶紧拿去当铺当了，好换银子还债。结果，当铺在翻检衣服的时候发现了银票，仆人又说不出来历，就怀疑这是个偷盗案子，把仆人送官了。官府再拘小陶来审问，小陶更是摸不着头脑，于是主仆一并挨了顿板子，当场押监。再叫汪父和家中婢女审问，更说不出个所以然来。县官立刻要求把当事人汪小姐带来，可那个时候，一个未出阁的女孩要上公堂，搁谁都是件难以接受的事情，汪父只好贿赂官员，要求别审自己的女儿。

事情越来越复杂，当事人小陶在监狱里，“突然死亡”了。噩耗传来，汪小姐立刻披麻戴孝，素服来到县衙，一见面就破口大骂县官糊涂，致使无辜惨死。县官可不承认错误，反倒当众指责汪小姐不守妇道，没有廉耻，以私物赠男人，这就是攻击人品了。汪小姐情急之下，从袖中拿出剪刀，自尽在县官面前。

本是美事一桩，却害的两家人家破人亡。

最终的结果是，陶家上访鸣冤，县官被摘顶撤职。但两条年轻人的性命，也回不来了。这是最糟糕的结局。现代法律，有疑罪从无一说，为的就是避免这类冤案。但舆论却经常未查真相，先入为主，而且最后也能逃脱制裁。这是件该想办法改变的事情。

道光年间，湖北东湖险些发生一桩冤案。有户人家，媳妇每天早晨要给家人打洗脸水，并且在桌子上放两个鸡蛋当早点。这天媳妇给小姑子送水、送鸡蛋的时候，看到小姑子床前有双男人的鞋。媳妇赶紧退出，可是已经晚了，小姑子发现了她。由于担心自己和男人偷情的事被传出去，小姑子竟然上吊自尽了。

当地居委会（乡保）认为，此事原因是媳妇闹矛盾逼死小姑子，把这个媳妇送官了。出乎意料的是，这位媳妇当场认罪——按照当时的法律，得杀头。

县令接触这个案子后，觉得这媳妇不像凶悍逼死人的主，但她又态度坚决地认罪，让人不解。最后，县令找了个衙役的妻子，装作犯人，和这位媳妇关到一间房中，才套出了真相。原来，这位媳妇不愿意让小姑子死后名声受污，想保持家族名节，才甘愿认罪……

事情真相大白，一桩冤狱得以避免。当然，这不是最戏剧性的结局。

结局是此事传到了巡抚胡林翼那里。老胡一听，这县令心细，得嘉奖，于是保举推荐东湖这位张县令。他叫张建基，一直做到湖北布政使。然后，又真相大白了，审案子的县令竟然不是张建基。原来，那位县令也姓张，只是审完案子不久后就病逝了。张建基恰巧接任，恰巧就被胡林翼保荐了……他自己都不清楚是怎么回事儿——也许清楚，就是故意装糊涂。

最后，湖北高官张建基因为贪腐被查办。大家都在念叨，老胡是怎么保举的人才啊。殊不知这是胡林翼闹出的笑话，张冠张戴，此张非彼张。那位查出案情的张县令，连姓名、籍贯都没留下。

真相就是这样，总喜欢翻云覆雨，和人开玩笑。

人类还能战胜烟草吗？

北京市全面禁烟，媒介解读，带顶儿的地方不能抽。其实不完全准确，体育、教育场所和医疗机构、妇幼保健机关，不光室内，不带顶的地方也不能抽。有人群排队的地方，即便是露天，吸烟也算违规。

看上去，控烟确实是一场拉锯战。

其实人类全球性迷恋烟草的历史算不得很长，也就是从 16 世纪前后开始的。比较通行的说法，烟草种植和使用起源于南美，经过漫长的时间扩展到中北美。后来由殖民者带到欧洲，再通过战争或贸易的形式传向印度及东南亚，最后来到中国，时间大约在明朝后期，比辣椒还早。有意思的是，从烟草被人类迷恋开始，各种形式的反烟运动就存在。烟草在全球扩散风靡只用了一百多年，但反烟折腾了四五百年，进展却十分缓慢。真是烟来如山倒，烟去如抽丝。

张岱在《陶庵梦忆》里讲到烟草普及的迅猛程度：“余少时不识烟草为

何物，十年之内，老壮童稚、妇人女子无不吃烟。大街小巷尽摆烟桌，此草妖也。”

日本作家川床邦夫的《中国烟草的世界》讲了讲中国早年的烟草史。在中国，第一个主张禁烟的是崇祯皇帝，他禁烟倒不是因为吸烟有害健康，而是因为“烟”与“燕”同音，“吃烟”预兆着首都难保。于是下达了迄今来看都最为严酷的禁烟令，吸烟者一律处死。这条命令如果严格执行，死人就太多了，私下种植、贩烟、抽烟的人有的是，崇祯皇帝的禁令成了无法执行的摆设，最后只好作罢。

在山海关的另一边，皇太极也在禁烟。不过，他只禁老百姓的烟，王公大臣随便抽。原因呢？“朕所以禁止用烟者，或有穷乏之家，其仆人皆穷乏无衣，犹买烟自用，故禁之耳。”瞧，他是担心老百姓买烟乱花钱，弄得穷上加穷，境界倒是比崇祯要高不少。

当然，这么禁也是禁不住的。所谓上行下效，王公大臣们本来就有示范效应，老百姓哪儿忍得住啊？后来，皇太极只好又下令，把禁烟令给废了。

到了后来的康熙、雍正、乾隆三朝，皇帝们都不吸烟，甚至很讨厌吸烟，可却都是疯狂的烟具收藏者，热爱攒鼻烟壶。当然了，大臣们吸烟的可不少，比较著名的是纪大烟袋纪晓岚。到了晚清，光绪皇帝就吸烟了，他喜欢的是鼻烟和水烟。讲了讲中国甲午间的烟革史。

康熙年间的礼部尚书韩菼，就是位烟鬼加酒鬼，即便办公，也是“酒杯烟筒不离于手”。《分甘余话》记载，有一次同事开玩笑：“您这是又要鱼又要熊掌啊。要是有一天，您必须得戒掉一样，您准备戒什么呢？”韩菼居然沉思良久，最后说：“戒酒。”

总之，在皇太极禁烟之后，皇帝们对吸烟逐步宽容起来，别人抽不抽基本不管，顶多闻完臣子们的二手烟后吐个槽。尤其道光以后，都忙禁鸦片了，烟草更不太上心。

法国人迪迪埃·努里松在《烟火撩人：香烟的历史》中讲道，在欧洲，对烟草的抵制更加浮皮潦草。16 世纪，法国驻葡萄牙里斯本的外交官让·尼古特·德·维耶曼，把烟草献给了法国王后，从此烟草就有了“王后草”的美名（尼古特也因此留名，烟草中的重要成分尼古丁就来自他的名字）。后来，烟草一发而不可收。18 世纪，西班牙塞维利亚的教会曾禁止教徒吸烟，因为很多人在做弥撒时也忍不住点上烟袋，让教皇深恶痛绝。这个规矩坚持了 80 多年，最后也放弃了。法国国王路易十四的御医曾写过一篇《频繁吸烟是否会大为折寿》，结果是他的同事在介绍这个著作时，遭到了医生同行的嘲讽：“在您诽谤这种非凡的植物时，您的鼻子里恐怕还塞着刚吸完的烟草末吧？”

那时候的医生大多数是把烟草当成有效治疗疾病的药物开给病人的，而因为它能提神并且使人集中精力，军队里也开始配备烟草。不吸烟的路易十四向每名法国士兵派发了烟斗、火机和烟丝，1734 年还正式明确军队每人每月发半公斤烟草。直到“一战”时期，烟草一直是和弹药一样重要的军需品，尤其是天黑的时候，士兵们宁可冒着被敌人击中的危险，也要点上一袋烟。“二战”时期就更不用说了，美国大兵把美国的烟卷带到欧洲，让欧洲人如醉如痴。丘吉尔和艾森豪威尔，更是雪茄烟斗，什么猛来什么。可以这么说，在许多国家，军队都是烟草最大的传播者。

医学界真正对烟草毒性进行研究始于19世纪。在比利时，一名残疾人被人强行灌入尼古丁谋杀，使得尼古丁有害的形象猛然传播开来。接下来，有医生提出“烟草中毒”的概念，1868年，法国第一个禁烟组织成立并得到官方承认，但没几年就分崩离析。同时，英国、北美也有类似的组织出现，他们大多由医学或者宗教人士倡导，最大的成就是督促一些地方限制烟草的销售，比如立法禁止销售给未成年人。

正当他们准备再进一步的时候，“一战”爆发了，没人再听他们的劝，烟草又火了。

到了20世纪中期，反烟运动再一次进入高潮。一方面是因为医学发达，多种烟草的危害被提出；另一方面也是因为有卫生组织和政府加入，使得反烟运动成为风潮。只是反烟运动面临的对手过于强大，他们是成千上万的吸烟者、经济实力强大的烟草公司以及吸烟者对尼古丁的依赖。

烟草就是这么一个古怪的东西。几百年前，全人类以最热情的姿态拥抱了它，可当发现烟草“有害”之时，对它的依赖已经无法摆脱。很多政治家、艺术家和企业家都对烟草情有独钟，又起到了吸烟的示范作用。政府也是纠结而尴尬，一方面迫于压力要有禁烟姿态，另一方面却不敢也不愿打破香烟的产业链，因为有更多的人依靠这个产业生活，而政府还可以以控烟为名，名正言顺地收取高额的销售税，赚上一大笔收入。

可以想见的是，人们与烟草的斗争会长久地持续下去，不可能一个法规就完事儿。看看反烟的历史就会知道，至今还没有一次反烟运动以胜利告终。这个过程也许还要有几十年，乃至上百年。一蹴而就是最天真的想法。

唯一需要提醒的是，即便是吸烟者，也不该被视为另类、敌人予以打压，不该站在道德制高点上予以批判。他们也是劳动者，也是社会财富的创造者，同时更是烟草的受害人。对吸烟者提供及时有效的帮助最重要，一说禁烟就疯狂制造对立情绪，于事无补。

你怕鬼不？

农历七月十五，中元节，又叫鬼节、盂兰盆节。盂兰盆是什么呢？

《东京梦华录》中说，把竹竿劈成三叉，支起来，高约三五尺，“上织灯窝之状”，就叫盂兰盆。陆游的《老学庵笔记》说得更明白：“织竹做盆盎状，贮纸钱，承以一竹焚之”。就是劈开的竹竿立住，上面放个小竹筐，里面搁上纸钱，烧掉，祭祀祖先。这个小筐就是盂兰盆。

除了祭祀以外，盂兰盆还有预测气候的功效，烧完后架子向北倒，预示着冬天特别寒冷，向南倒，则是暖冬，向东或向西倒，则是不冷不热，正合适。过了盂兰盆节，就真到秋天了。

盂兰盆这个事儿和佛教传说目连救母有关，盂兰是梵语，倒悬之意，过这个节，有解亡灵倒悬的含义。所以盂兰盆节，古人喜欢看戏，看的就是《目连救母》。

到底有鬼没有？古代中国人大多相信是有的，就有了不少鬼故事，不一一赘述。也有不怕鬼的。《湖海新闻夷坚续志》里说，建宁府屠户林二四就号称不怕鬼。他每天挑着担子去卖肉，必定要经过杀人的法场，心里害怕，嘴上就一直大声骂骂咧咧——一个人走在街上大声骂人，这是给自己壮胆呢。白天去还好说，晚上收摊回来，就更吓人了。有一天正走着，突然身边有人说话："你经常晚上从这儿走，不怕鬼吗？"林二四嘴硬："我是人，他是鬼，怕啥啊，要万一真遇到，我还有刀呢。"哪壶不开提哪壶，那人接着说："你不怕啊，可是我怕啊……要不咱俩搭个伴儿，遇到鬼了，还能有个照应。"林二四呢？则表示自己一个人走，一点儿问题没有。

那人说："你真不怕鬼呀，那你能看我一眼吗？"

据林二四讲，他一回头看到了一个没脑袋的家伙，吓得担子也扔了，撒腿就跑。回到家还大病一场。这属于嘴上不怕，心里怕的，还是怕。疑心生暗鬼，怕什么就来什么。

也有真心不怕的，说的是岳珂，岳飞的孙子。岳珂当过嘉兴知府，那时候城门上的谯楼上设有更鼓，每天夜里敲着报时的，可一连好几天，值更人都没敲。岳珂问怎么回事儿，答："每天晚上一更，就有五个人上来喝酒，说是你的亲戚。我们这鼓就没法敲了。"岳珂心想我没这样的亲戚啊？怎么回事儿？闹鬼啊？就吩咐，今晚这几个人再来，立刻禀报。

这天晚上，岳珂带着自己的官印，点了二十名士兵，坐等。半夜，值更人果然来报告，那几个人又来了。岳珂立刻命手下拿着印上了谯楼，对那几个装神弄鬼的家伙说："我们知府岳大人请你们相见。"那几人一听，一哄而散。岳珂上楼一看，嘿，盘子、碗什么的都不要了，扔这儿了。那东西高级，全是真金白银做的，这便宜落的——全部没收入库。

邪魅遂息。

中国人的鬼世界，并不全是吓唬人、故弄玄虚，里面还有个独特的群体，就是女鬼。女鬼多以善良的姿态出现，毫无来由地无私帮助别人，帮助的对象基本是未发达的书生，人鬼情未了。所以《画皮》之类惊心动魄的女鬼故事，最终被不可遏制地转化成言情戏。

说个言情女鬼的故事——话说金朝，平山县令王础有个儿子叫王宗元，二十多岁，在县衙的后花园读书，就遇到一个叫京娘的姑娘。京娘长得极漂亮，自称是前任杨县令的女儿。小王忍不住言语挑逗，女孩儿不怒而笑，两人遂成好事。

有一天小王叫朋友们来园子里玩，意外地在空地上发现了一个坟墓。墓碑上写着“京娘墓”。有朋友说，前任县令的小女儿病死了，就埋在这儿。

小王心里含糊了。等到京娘再出现的时候，她早已经知道经过了，“将进复止”。京娘说：“你什么都别说了。我们幽冥异路，也处不长久，不如就此别过。你进京考试去吧，一切都会顺利的，只是路上会发生些周折。没关系，有我呢。”

他们就这样分手了。小王去辽阳考试，路上遇到发大水，车子陷在泥沼里，车轴还断了。万般无奈之中，突然出现了几个工匠，三下五除二，把车子修好了。

小王就嘀咕上了，这方圆二百里内没什么人烟，哪儿来的工匠啊？

继续前行，路边看到另外一辆车，车里坐着京娘。小王问：“你怎么会在这儿？”

京娘说：“我说过我会帮你的。知君有难，特来相慰。”

这哪是女鬼女朋友啊，和家有仙妻差不多了。多情的女鬼总是这样，不仅温柔体贴漂亮年轻，招之即来挥之即去，还手眼通天，什么都难不倒。这是男人心中理想的女性吧？

小王似乎是受到了激励，此后一路顺风，不仅考中，而且官场顺利，最后当上礼部尚书。只是，当上尚书没几天他就去世了，不知道是不是京娘安排的。

民国初年那阵子，挺流行扶乩请笔仙儿之类的，即便是当时有名的文化人，也都将信将疑。据说，有人请到了步非烟，有人请到了岳武穆，神鬼都有，也分不清楚身份地位了，都信。

当时，北京有俩挺有名的报人，一个叫蓝公武，一个叫黄远生，都是袁世凯收买的对象，老袁曾经放出话来，要拨公款三千大洋，请二位去欧洲、美国转转。

估计也是心里没底，二位便找人在报社里扶乩了。还真快，没多大工夫，把天官童子请来了。俩人赶紧就问：“天国里有出洋一说吗？”

天官童子回答：“天国没有公款，所以没法送人出洋。”

俩人嘿嘿嘿，弄了个大红脸。

放假的规矩

中国大部分时间是农业社会，假期跟着节气走，比如一过冬至，老百姓基本就不干活了，忙着收拾过年，这假至少得放到正月十五。之后还有长时间的赏春踏春期，城市居民里，磨蹭的能到农历四月才干活儿。

当然官员不能这么干，大年初一要早朝，之后还要陪皇帝祭祖、接见外宾和与民同乐，真的能歇下来，就得元宵节。不过，过年放假不办公是真的。《茶香室丛钞》引明朝文献说，嘉靖年间，除夕官府封印，不复签押，到了正月初三才恢复正常，这是休息四天。而到了清朝康熙年间，官府已经改成腊月二十封印了，早歇了十天——有文献说，康熙九年腊月二十三，已经封印两天，突然有旨，召各省新任命的督学去南书房候考。这是在假期里搞的官员考试。从此能推断出当时官府休假的时间。

除了农历的各种节日外，古代还有不少节——比如皇帝过生日。搁在唐代以前，大家都是小时候过生日，但要是父母有过世的，这生日就不过了。唐太宗过生日的时候，还和长孙无忌说："今日是朕生日，俗话说生日可喜乐，以吾之情翻感思。”想起爹来，说着说着还哭了。

到了唐玄宗时，可就不吝这一套了，丞相张说上奏，八月初五是皇上生日，应该设“千秋节”。于是就有了节，“皇帝御楼张乐，倾城纵观，天下士庶，皆为赏乐”。后来这个节又改成“天长节”。没说放假，但倾城去看皇帝，估计也上不了什么班。

后来唐肃宗上位，自己的生日就是“天平地成节”。只是这股生日过节的风没刮起来。唐代宗就没过生日节，唐德宗即位时，召集大臣商议生日过节，颜真卿奏说：“历代都没有帝王生日过节一说，开元设千秋节，是万寿无疆天下同庆之意。可玄宗皇帝万岁之后，再过生日节就背离本意了吧？”唐德宗是个提倡勤俭的皇帝，一听就准了，生日不过节了。以上，都写在《封氏闻见记》中。

到了宋朝，皇帝生日过节又频繁起来，什么元圣节、真元节之类。《铁围山丛谈》中讲，天子诞辰，先是群臣在紫宸殿下拜贺，宰相一个人上殿敬酒，贺天子万寿，之后赐群臣喝茶，就结束了。皇帝回到后宫，在福宁殿再接受大臣夫人们的拜贺，由宰臣夫人敬酒，然后要用红罗绡金须帕子系在皇帝的胳膊上，之后退到殿廊上，开宴会。

宋徽宗政和年间，南京鸿庆宫道士孟若蒙上书，说本宫以正月初四为创业之日，这每年的周年庆是不是过个节啊，皇上居然就准了，就是开基节。节都泛滥了。

有意思的是，唐德宗自己没过过生日节，却特别给官员们增加了假期。《南部新书》里说，贞元四年九月二日有敕令，因为天下太平大家日子过得不错，所以正月晦日（月末）、三月三日、九月九日，“宜任文武百僚择胜地追赏为乐，仍各赐钱以充宴会”。不仅多给了假期，还发红包了。据说晦日聚集吃喝，也是民间风俗，但第二年邺侯李泌提意见，说晦日为节，不够吉利，不如定二月一日为中和节，晚一天过节多好啊。于是，二月初一过中和节就确定下来。

皇帝只有权给官员们定节假日，老百姓的节，该怎么过就怎么过。要忙了，不是钦定的假日也得忙，要闲了，官员上班自己也得休息。《钦定日下旧闻考》中讲，除了正常的节气节日外，竟然还有女性节日，不是三八，而是一年之中有三个：燕都自五月初一到初五，“饰小闺女，尽态极妍”，而已经出嫁的女人也要归宁，回娘家，这就是个“女儿节”，是女性的“五一小长假”；第二个是七夕，“都中人民七夕，邀请女流做巧节会”，这个叫“女孩儿节”，女性可以饮宴尽欢，第二天再“馈送还家”——看来这个节，女性们要自由得多；第三个竟然是——九月初九，“九月九日，父母家必迎其女来”，这天也叫作“女儿节”。

九月九日不是重阳吗？为什么又成了女儿节呢？这里也有说头。《搜神记》里讲，丹阳女子丁氏，嫁到全椒县谢家，没料到谢家小姑子特厉害，整天支使着丁氏干活。要是干不完，“仍便笞捶，不可堪”。丁氏实在扛不住了，就在九月九日这天上了吊。后来丁氏的魂魄找到巫祝说：“念人家妇女作息不倦，使避九月九日，勿用做事。”于是，九月初九女性们就真正休息了，什么都不用干，又叫作“息日”。这么看来，古代的三个妇女节，还各有不同的过法，一个省亲，一个疯玩，一个休息。

在古代，一年之中，官员们的假期还是不多，就想出不少偷懒的办法来。比如在宋朝，馆阁之内每夜都要有官员值夜班，如果值班的没来，就叫“豁宿”。豁宿总得找个理由吧？大家就在值班表自己的名字下面写：“肠肚不安免宿。”拉肚子了，来不了。人人都这么写，于是值班表有了个外号，叫“害肚历”。巧了，太学生们要请假外出，也需要在前廊的小本上写理由，一般都写“感风”，就是感冒了，这个小本子的外号，就叫“感风簿”。到了现在，一般人泡病假，也就是这么两个招数吧？

现代社会，大家都得上班了，工作压力大，对假期的渴望也就与日俱增，一年多给多少天假期，都不会嫌多。当然要是有活儿干，大多数人也会自觉干活儿。多给大家点红利，有什么不行的呢？

第三编

男女

古代的职业女性

北京话，漂亮的姑娘叫作“尖果儿”，类似的称呼在古代也有。《茶香室续钞》记载，宋朝的京城汴梁，形容“妇人美者”，就叫人家“搭子女”。为啥叫“搭子女”呢？因为“女”和“子”一搭，就是个“好”字。要是长得不好看呢？叫“七”，“七”就是“女”字少一撇，感觉就差点儿了。

美女、丑女，出来上班干活儿，都叫职业女性。中国古代的职业女性少，但也不是没有，比如俞大娘。古代有句俗语，叫作“船不载万”。意思就是船再大，容量也就能有个八九千石（一石大约可折算成吃水量十公斤）。这样的船，在古代已经很了不起了，可《唐语林》里记载了一位唐朝大历、贞元年间的俞大娘，拥有一艘巨型万石船（吃水量达百吨），船上的工人就有几百人。这样的船用来做什么呢？在江西和淮南之间跑运输，每年跑一趟，住在船上的人，婚嫁、生活乃至去世后的丧事，全在船上办了。俞大娘获利甚多，可谓是当年名副其实的女船王。

像俞大娘这样呼风唤雨的强势女性，在古代毕竟是少数。更多的女性出来工作，往往要找适合自己的工种。比如在明朝，皇宫中经常要聘用一些年纪比较大又有文化的女性，作为宫廷教师，教宫女们读书。这些女教师们被称作“女秀才”。除了教书以外，女秀才们还要负责培训女性的宫廷礼赞官。每当宫里有祭祀、朝贺之类的庆典，需要后妃们参加时，礼赞官就要在一旁高声引导，类似现在的主持人。年轻的宫女们往往举止羞涩，很难在隆重的大场面中发出人人都能听清楚的声音，这就需要女秀才们予以培训。培训的周期大约为一年，女礼赞官在调教和鼓励下，就能达到“声音朗然”的要求。

《万历野获编补遗》中说，嘉靖年间，皇后亲蚕（拜祭蚕神和亲自养蚕，蚕坛就在现在的北海公园里）之时，往往要“内赐酒饭”，而在赐宴的顺序中，女秀才是排在第一位的，地位要高于参加活动的大臣们的家属，可见女秀才的地位很受尊崇。

在商业领域，女性的成功也屡见不鲜。古书中记载，宋代的江西庐陵（今吉安），有一位舒翁，擅长制作陶瓷玩具，他的女儿则把这一技艺传承了下来，技艺炉火纯青。后来，这种玩具干脆以女孩的名字“舒娇”命名，价格也一路飙升，与当时五大名瓷之一的“哥窑”等价。到了明朝，名妓董小宛制作的“董糖”最为有名。董糖是一种酥糖，是董小宛制作送给她的男朋友冒辟疆的，嫁到冒家以后，董糖成为冒家送礼的佳品，声誉鹊起。到今天，董糖还是江南的特产，可以买来尝鲜送人的。

说到吃，唐朝御史大夫段文昌家的女厨，可以称得上是历史上最有名的女厨师长了。段家雇佣了她 40 多年，培训了 100 多位女徒弟，其中被她认可的高手有 9 名。到了宋朝，“厨娘”成为女孩子们最好的职业，很多女孩子小时候就被送出培训，她们出入达官贵人之家，自带厨具，风度优雅，当然工钱也不是一般地贵。南宋宋高宗还任命了一名厨娘刘娘子为“尚食”，掌管宫中膳食，大长今什么的，都是很久以后的事情了。

不过，女性最擅长的工作，大概就是艺术表演了。

《乐府杂录》里说：“歌者，乐之声也。故丝不如竹，竹不如肉。”这个“肉”，指的就是肉嗓子，现在的说法叫“声乐”。古代女人能称之为歌星的，战国时有韩娥，“余音绕梁”说的就是她。

唐玄宗时期，有两位歌唱得很好的人。男的叫韦青，官至金吾将军；女的叫许和子，因为是吉州永新县人，进宫的时候，干脆就叫“许永新”了。人们曾经这么描述许姑娘：“既美且慧，善歌，能变新声。韩娥、李延年（汉代歌手）殁后，千余载旷无其人，至永新始继其能。遇高秋朗月，台殿清虚，喉转一声，响传九陌。”她是一位漂亮的女高音歌唱家。一次唐玄宗听她独唱，请李谟吹笛。李谟是宫中梨园吹笛第一人，等许姑娘一曲唱完，李谟发现自己的笛管已经开裂了。

玄宗在勤政楼召集宴会，因为临街，招致了百姓的围观，人声鼎沸，无比喧哗，高力士出主意，说让许永新姑娘唱一首吧。只见许姑娘略整鬟发，手提裙袂，站到楼上，声音一出，整个广场顿时寂静下来，“若无一人”。随着歌声飞扬，“喜者闻之气勇，愁者闻之肠绝”。长安百姓的艺术修养，也是不低的。

“安史之乱”以后，许姑娘流落民间。当时韦青在广陵（今扬州）避难，晚上在河边凭栏眺望，突然听见船上有歌声。韦青心里咯噔一下，这不是许永新吗？赶紧上船看，果然是她。故人相逢，对泣良久。再后来，许姑娘回到长安，但没多久就“殁于风尘”。她死前的最后一句话是对母亲说的：“阿母，钱树子倒矣。”

唱歌将军韦青是很识得人才的。《乐府杂录》中记载，有一次韦青突然听见屋子外面有婉转嘹亮的歌声，立刻就跑出来了。原来是一个跟着父亲卖唱的女孩。韦青喜欢上了她，娶了她当小妾。这个姑娘叫张红红，韦青花了大量时间和她切磋音乐。

当时有位乐工，创作了一首《长命西河女》，想献给皇帝，当然要先请教一下韦青。韦青和张红红就设计了个小玩笑，乐工在前面唱，张红红在屏风后，数着豆子记下乐谱。一曲唱罢，韦青就开始忽悠乐工：“你这个不是原创啊，我早就听过了。”接着，屏风后面传来张红红的声音，真是一点儿都不走调。乐工的表情可想而知，惊异地张大了嘴巴。

张红红的名声响了，唐玄宗把她招进了宫中教坊宜春院，她还有了个绰号，叫“记曲娘子”。后来韦青去世了，唐玄宗亲口告诉了她这个消息。张红红当着皇帝的面儿就哭了，说韦青是她的大恩人，自己之所以有现在，就是因为韦青。不久，她因为悲伤过度，也去世了。

女性是很少参与战争的，但历史上带兵打仗的女性也有不少，比如梁红玉，事迹大家都很清楚，还有许多不如她有名的女子，勇猛却一点儿都不逊色。

成都城里有个浣花溪，现在已经成了公园。在古代，这里是成都人游春的地方，农历四月十九都要到这里游玩饮宴。浣花溪得名于浣花夫人，她是唐朝剑南西川节度使崔旰的小妾，姓任。虽是小妾，胆气却很大。那时军阀混战，趁着崔旰入朝，泸州刺史阳子琳带兵来犯。城中无主，人心大乱，任氏便站了出来，散家财募兵丁，居然临时组建了一支几千人的军队。她亲自带兵出击，把阳子琳杀得大败。为此，崔旰沾了光，被朝廷封了尚书，任氏也封为夫人，就是人们所说的"浣花夫人"。

明朝末年，清兵已经大举南侵。明朝江西永宁王的世子妃彭氏勇敢地站了出来，率众抵抗清兵。彭氏"貌美而足小"，人称"彭小脚"，但却骁勇异常。她的两个婢女金保和魏真，也武艺高强。江西被清兵攻破后，彭妃等人逃往福建，联合当地的武装，连夺几座县城，军队达到数千,一时轰动。但最终寡不敌众，被清军优势兵力击败。金保自杀，彭氏被俘，绞杀于汀州（今福建长汀县）灵龟庙前。魏真躲藏在山中多日，等清军主力离开后，偷偷出来为彭妃、金保收尸，之后出家为尼，不知所终。

不仅官宦人家的女性善战，民间也多有女性高手。《万历野获编》记载，明朝京畿霸州、文安一带，就出现过一个女强盗，外号"母大虫"。此人年龄三十上下，面貌不丑，双脚纤小，善用长枪，横行三四年。她的外号，不知道是不是受了《水浒传》里母大虫的启发？清朝的《扬州画舫录》则记载，拳师徐五庸的婢女珠娘，向徐拳师学得真传，不仅细腰善舞，而且拳法高超，名噪一时。还有人专门绘制了《珠娘拳势图》。这不由得让人联想起创立了咏春拳的严咏春。

其实，女人不是不能干，而是机会少。要是给了机会，也有惊天动地的——能力这事儿，说到底，和性别没太大关系。

被蹂躏的皇家女人

北宋的覆亡，其实从唐朝后期就注定了。那个时候，各地节度使权力很大，互相攻伐，称帝此起彼伏，造就了唐朝以后五代十国的混乱局面。在混乱中起家的石敬瑭，为了与对手抗衡，竟然向北方的契丹称“儿皇帝”，并且割让了燕云十六州。北方少数民族政权兵不血刃地占领了挺近中原的制高点，他们如果要横扫南方，就没有燕山山脉这个天然屏障了。

这一点，宋朝的皇帝心里清楚得很。只是宋太祖赵匡胤统一了中国后，已经没有精力进攻燕云十六州了。他的弟弟宋太宗即位，一心想扫平北方，建立千秋功业，于是在没有做好准备的情况下，贸然进攻大辽，试图一举夺回失地（杨家将的故事就发生在这个时代）。结果全军覆灭，不仅失地没有收复，宋朝能够作战的精锐部队也损失殆尽，从此再无收复北方的实力。

宋真宗时代，辽军大举南侵，宋真宗在寇准等人的主持下，与辽国签订了《澶渊之盟》，以进贡岁币等代价，换来了相对持久的和平。

但这个平衡到了宋徽宗时代被打破了。辽国衰弱，女真崛起。辽国叛将李良嗣向宋徽宗建议“约金灭辽”，受到了宋徽宗赏识。于是，不知天高地厚的宋朝开始与女真谈判。宋朝提出的方案是，对方获取辽国的上京（今内蒙古巴林左旗）、中京（今辽宁开原），宋朝获得燕京。但此时完颜阿骨打即位，金朝建立，不仅不愿意给宋朝相应的地盘，还要求宋朝向自己进贡岁币。

正在双方互相扯皮的当口，金朝军队已经摧枯拉朽般地攻克了上京、中京，甚至占领了燕京。这下宋朝坐不住了，立刻派蔡京、童贯带兵攻辽，结果被辽国的残余部队杀得大败；再派刘延庆攻辽，再次败绩。这两仗，暴露了宋朝孱弱的军事实力，金朝在消灭辽国后，迅速兵锋南指，北宋在劫难逃。

宋朝的首都开封汴梁，是一个无险可守的城市。金兵南侵很快围困太原，宋徽宗有了不祥的预感，传位给宋钦宗，自己当上了太上皇，不打算负责任了。这一年就是宣和七年。

靖康元年正月初七，金兵第一次兵临汴梁城下。当时金兵是分两路南进，主帅分别是粘罕（又译宗翰）、斡离不（又译宗望），围困开封的是斡离不。初八、初九两天，金军对开封各个城门发起了猛烈攻击，初十，宋朝派人至金营，要求议和。

金军向宋朝索取五百万两黄金、五千万两白银、绢缎各一万匹、牛马各一万头。要求宋主尊金主为伯父，割太原、河间、中山三镇，并且要求亲王、宰相入金朝为人质。双方的谈判持续了一个月左右，此时，宋朝各地的勤王军马正在向开封集结，金军感觉到了危险，决定见好就收。这次，他们实际带走了八十万两黄金、两千万两白银以及皇帝割让三镇的诏书。

二月初九，金军退兵，此时汴梁城外已经聚集了二十万宋朝的军队，宋朝的皇帝腰杆似乎又硬了。

二月底，宋朝宣布割让三镇的诏书作废，八月，粘罕、斡离不的军队分别从山西、河北出发，以对方毁约为由，再次进攻北宋。十一月二十三日，斡离不军到达汴梁城下，闰十一月初三，粘罕军到达汴梁。开封的十几座城门都陷入了火海之中。

在这次金兵入侵的过程中，宋朝求和的使节不停地前往金营，先是同意割让三镇，再是同意双方划黄河为界，但这都没有阻止金军的步伐。这次金军提出的条件就一条：请你们的皇帝出来会盟。宋朝一拖延，金兵就进攻，并且放话：城破之前出来，我们的主帅还能执臣子礼，城破之后——那什么都别提了。

宋朝几乎每天都派大臣或者亲王去求和，但对方态度坚决，一律“不纳”，都不让进门。

闰十一月二十六，金兵终于攻进了汴梁，十六座城门全部失陷，皇宫中派出求和的亲王、重臣也全部被轰了回来，人家不谈了。接下来的几天，相继有皇宫、庙宇、皇亲住宅和城中大户被烧，开始有一些女性被劫掠出城。之后，明节皇后（宋徽宗最宠爱的安妃，死后追封皇后）家被焚，对宋朝皇帝的压力越来越大。

终于，在三十日，宋钦宗出现在朱雀门，准备亲自去金营求和。金兵解除了他三百人的卫队武装，只许他一人入营，但粘罕和斡离不依旧拒绝和谈，他只好住在粘罕所在的青城寨临时住所中。

十二月初二，被关了两天的宋钦宗同意上降表，这才得到了金军统帅的“接见”，之后被送回城中。原来以为这是停战的开始，但万没想到，这仅仅是噩梦的发端。

条件是一点点提出的。初五，要马七千匹；初六，要兵器；初九，要河北、河东官员家属共四十五家、蔡京等高官家属二十余家出城；十三日，要绢一万匹，要求宋朝军民到南薰门缴纳；黄河以北，要再割让两州；十四日，烧毁尚书省、刑部、吏部、礼部的办公场所；二十五日，要国子监所有藏书；二十八日，按《秘书录》刊载，索取古器……到了靖康二年的正月初八，才开始谈战争赔款。

初九，金朝人又提出了新的要求，不是别的，而是元宵节的灯饰，原来，他们准备庆祝元宵节了。正月初十，宋钦宗被迫再入金营，这一次去，就没能再回来。

正月十三，金朝派人进宫，审查帝姬（宋徽宗时称公主为帝姬）容貌，说是要和亲——他们最后的决定是：全部带走。正月十四，以前灯火辉煌的汴梁一派死寂，城外金兵营寨却张灯结彩，庆祝元宵，金兵命令开封全体百姓上城墙“观灯”。正月十九，开封府报可纳金十六万两、银六百万两。

这是远远不能满足金军胃口的，但宋朝的确是没钱了。于是双方商议出一个以女性折抵金银的公式：王妃、帝姬每人折合金子一千锭；宗姬、宗妇每人折五百锭；族姬、族妇各折金二百锭；贵戚女折金一百锭……

正月二十五，少女六百人、教坊乐工数百人入金营；皇帝冠冕、用车、玉册被收；接着，宫内所有衣饰、仪仗、乐器被收；几乎所有大臣们的家属、姬妾被带走；所有工匠、艺人甚至厨师被带走；图书、书版及天文仪器被收。高潮发生在二月初六，金军进宫，要求太上皇（宋徽宗）、所有后妃、嫔御、帝姬、驸马、诸王、王妃出城。

二月初七到十一，宋徽宗带着自己家属女眷子孙们，陆续出城，他们从此踏上了不归路。

之后，金军把主要精力放在搜罗书画、财宝、金银上，同时要求还有女性——各种身份的女人，以及僧道、秀才、剃头的、唱歌的、裁缝、木工、铁匠、银匠、皮影艺人、耍马戏的、变魔术的等，凡是有手艺的，他们都要。

剩下的就是放火了，几乎是抢完一处，就烧掉一处。著名的景灵宫和天汉桥商业街，就是在那个时候被烧掉的。三月初七，金兵胁迫宋朝大臣张邦昌称帝，三月底到四月初，金兵撤军，分作七路各带虏获的财物、百姓北归，宋钦宗在第二队，三月二十八出发；宋徽宗在第四队，四月初一离开汴梁。

靖康二年正月二十八，蔡京等大臣家的歌姬八十余人，加上宋徽宗的女儿、蔡京的儿媳福金帝姬被送入金营。福金帝姬见到金营主帅，吓得面无人色。随后，粘罕命令先前被劫掠入营的福金帝姬的侍女李氏对她进行安抚，将她灌醉。这几天，送来的汴梁女子，上至嫔妃、下至乐户，达到了五千多人，都是“盛装而入”。粘罕为自己留下了几十人，剩下的都给军将进行了分配，即便比较低级的军官，也能分到一两个。她们已经被视为战利品。

在金朝自己的文献《南征录汇》中记载了一段对话。当时，金兵准备分配几个王妃和帝姬，只有一人不从。粘罕说：“你是千锭金子买来的，敢不从？”女人辩驳道：“谁卖的？谁得着钱了？”粘罕说：“你家太上皇和皇帝都有旨意，这是犒劳我军的钱。”女人反驳：“哪个要给你们犒军了？哪个要抵钱了？反正我就是不从。”粘罕说：“你家太上皇几千宫女，都来自民间，现在送来了，还不是为了抵钱？你们的朝廷已经完了，你跟民妇也没什么区别，按例进贡，是你的本分，进贡的又不是你一家。”一席话说得女人气闷无词，答不上来了，最终被金军凌辱。

被送入金营的女性死亡事件不断。在宋朝文献中记载的比较含混，就是某日某王妃死了，某日某帝姬死了，但金朝的文献就比较细致。

某日，金朝主帅宴请诸将，命宋朝的宫女换上歌女的装扮，杂坐陪酒，有郑氏、徐氏、吕氏三人誓死不从，“斩以殉”。酒宴开始后，还有一个宫女拔出了金将的箭镞，插进了自己的喉咙。

张氏、陆氏、曹氏几名女性和斡离不发生了冲突，斡离不大怒，“刺以铁竿，肆帐前，流血三日”。这时候，正好大批王妃、帝姬被押送进营，斡离不“指以为鉴”，吓得“人人乞命”。这时，斡离不派福金帝姬出场做思想工作，让这些贵族女性沐浴更衣，入帐侍宴。

在金兵退却之前，大批的女性，包括很多王妃、帝姬死亡，有的是病吓而死，大部分是自尽。还有一些怀孕的妇女，金军则令军医强行为她们打胎。

为了防止遭到勤王宋军的截击，金军分多股北撤，对女性和俘虏们的虐杀在路上一直持续着。一年后抵达燕山时，斡离不一军中，三千多宋朝宗室，只剩下一千余人了。

屡禁不绝全国『自宫潮』

明仁宗朱高炽刚刚即位的时候遇到一件事：长沙一个平民自宫了，自宫之后，就请求进宫当内侍。这是件小事，却引起了皇帝的反感。朱高炽对此事的回应是：游荡懒惰之人，忍心自绝于父母，怎能随侍在皇帝身边？让他当兵戍边去吧。

明朝初年开始，皇室急剧膨胀，对太监的需求多了起来，自宫成了很多人改变命运的阶梯。自己断绝命根，似乎是一种优势，可以找一个体面的工作，甚至还有升官发财的可能。比如洪武元年，明朝刚建立时，内监官只有正五品，后来甚至降到正六品，地位品级还不如宫中的女官。但洪武二十八年正式给内监定级，为正四品。此后，内监（其首领为太监）形成了自己的一套官僚体系，自宫一路，就可以与读书人科考媲美了。自宫做“官”的成本，要比读书低得多，自宫改变命运，与读书改变命运一样，成了激发全民上进的鸡汤。

不仅是普通百姓的子弟有人选择自宫，就连军人的子弟，也开始加入

“自宫潮”。刚处理完长沙自宫一事后，朱高炽又接到了奏本。上奏者是兴州左屯卫（今河北迁安一代）军余（类似于现在的预备役人员）徐翊，说自己的儿子已经自宫，并且当上了内监，请求除掉自己的军籍。这回皇帝真生气了，批复说：为父教子，为子养亲。你儿子自伤身体、背亲恩、绝人道，根源就在你。让你儿子从宫里出去服兵役吧。

老这么处理细琐的事情不是事儿。皇帝对刑部尚书金纯等发指令：今后再有自宫的人，坚决不能宽恕。又找来大学士杨士奇等人，指示要下诏书严禁自宫，顺带连宫刑都禁了。

可是，自宫这个风潮，并没有因为明仁宗的反感而消失。到了宣宗朝，又有任本等几个军民，自宫求用。宣宗皇帝朱瞻基说，先皇在的时候，自宫的人都发去戍边交趾了，怎么这帮人还这么胆大妄为？那就按照惯例，全发遣了。

此后的明朝历代皇帝，坚持了严禁自宫的政策，违犯者均戍边。明英宗正统十三年，江西的樊侃、陕西的李回汉分别伪称生病、坠马导致失去生殖器，实为自宫，违背禁令，均发配铁岭充军。明景帝景泰三年，皇帝又下令给礼部尚书胡濙：闻民间自宫者太多，可将犯禁令者自宫后投奔王府的，按旧例以不孝罪名处置。明孝宗弘治六年，军人马英的妻子罗氏，私宫儿子马五，事发后罗氏被判斩刑。当时刑部官员王嘉庆等人觉得太重，建议改为杖刑，结果皇帝大怒，不但罗氏依旧处斩，王嘉庆等人也被贬官外放。明武宗正德年间，更是多次重申，自宫者私自留在京城的一律处死。当时有自宫被捕者十二人，本应处死，因为年纪太小没有施刑，但也没有释放，就一直关在牢里。

禁止自宫的政策几乎贯穿了整个明朝，可是，“自宫潮”并没有停止，反倒是愈禁愈烈了。

榜样的力量是无穷的。

如果当上内监，只是为了有个工作，混口饭吃，未必就能蛊惑那么多人冒着充军、杀头的危险，付出断子绝孙的代价，做出自宫的行为。真正的刺激，恐怕正来自那些发出禁令的皇帝们。仔细看一看就知道了，很多发禁令极狠的皇帝，身边都有一个威震全国的太监——比如明英宗身边的王振，直接导致了土木堡之变，大军被歼灭，皇帝被俘。此人在英宗复辟后还被“平反”，纪念得极富荣耀。再如英宗后期的太监曹吉祥，差一点儿就谋夺了大明的帝位。明宪宗时代的汪直，明武宗时代的刘瑾、谷大用等人，以及明神宗时期的冯保等，个个呼风唤雨，不仅自己能疯狂敛财，过着锦衣玉食的生活，还能左右政局、控制大臣后宫藩王乃至皇帝。虽然最终免不了身败名裂，但获取的利益是明摆着的。皇帝们对大臣的厌烦与不信任，都转变成对内监满满的爱，这才是导致大家疯狂自宫最主要的原因。

在很长的一段时间里，内监的权势都盖过大臣。举个例子，成化二十一年，官员许瀞路遇内监邓才漋没有避让，双方发生冲突，许把邓给揍了。这件事的结果是许瀞被下锦衣卫监狱，后来又转到司礼监处置，挨了三十大板。万历三十年，礼部官员敖文桢路过宣武门时，正好遇到三个人喝了大酒，正骑着马乱闯的内监。三个宦官不仅“醉驾”，还对敖文桢破口大骂，把他的轿子砸得稀巴烂。敖文桢吓得躲到了门官的家里，派人向锦衣卫求救。没想到锦衣卫官兵到来后，内监们居然“袭警”，把锦衣卫也给打了。为什么敢如此“寻衅滋事”？因为他们是郑贵妃的人。

明朝的内监有一套完整的官阶制度，实际在宫中形成了另一个“政府”，如司礼太监，其作用几乎相当于“次相”，而御马太监，则涉及兵权。司礼太监手下还有一群自称为“内翰”的小内监，是以翰林院、智囊自居的。内监们的作用可不仅在宫里，外出监军、出使和宣封外国、掌管财政税收，甚至搞特务机构（东厂），气焰压倒锦衣卫，哪儿都有他们的身影。

在具体的待遇上，内监们也好过大臣。比如蟒衣，跟皇帝的龙袍差不多，就是少个爪子，以前是赐给国外君主的至尊国礼。后来就发展到赏给司礼太监，再后来才发展到赐给大臣。再如皇帝经常赐给太监私印，大太监冯保就得到过一枚，上面刻着:“光明正大”。

争当太监，也并不一定光为了自己改变命运——很多人还考虑到整个家族。太监曹吉祥的干儿子、侄子，都因为他的缘故做了官。也就是说，内监们自己没后不要紧，亲戚孩子能就此得个一官半职，也算是给家族作了贡献。位置多、机会广，难怪人人趋之若鹜。

面上抓得严，但稀里糊涂进宫的自宫者仍然不少。正统年间，福建总兵陈懋，进净身男百八人，收之。云南黔国公沐斌家有年幼阉者十六人，进了司礼监。景泰年间，福建镇守内监戴细保送净身“小口”五十九人，进了司礼监。瞧，制度有漏洞，自己立的规矩，自己都不遵守。

就算风声紧，自宫的人们不能在京城待着了，无法往宫里混了，那还能去各地的王爷家，甚至公侯家，所谓有需求就有自宫。景泰年间，永兴王朱志潾私收阉者十四人，被皇帝下诏谴责，十四人没收进司礼监。此后大臣藩府有违禁阉割的，往往依照此例，只批评收人，不问罪。当然也有倒霉的——万历年间，黔国公沐昌祚，就被举报“私阉男子”，据说他家里有二十个“内使”。加上还有纵容下人贪虐等罪名，他被皇上点名斩了。

可以说，改变命运的迫切、律法规定的变通以及庞大的市场需求，成就了禁令下越发汹涌的自宫潮流。

自宫千般好，就一点不好，不能行男女之事。

没有性生活这条，是内监们的硬伤。但凡事无绝对，有钱了什么干不成？

从汉朝开始，就有宦官和宫女配对的，叫“对食”。不过到了明太祖朱元璋的年代，对内监管得极严，严禁娶妻，违者剥皮。这个规矩，到了朱元璋的子孙那里，就自己给废了。一直反对自宫的明宣宗，对自己身边的内监却宠爱有加，有个内监叫陈芜，在宣宗还未当皇帝时就跟着他，感情不是一般的好，宣宗一上位，陈芜立刻被赐名王瑾，升御马监太监，各种赏赐绵延不绝，其中就包括赐给他宫女为夫人——而且是两个。

明英宗时期有个太监叫吴诚，家里竟然有一妻一妾。这个吴诚在土木堡之变中被杀，但有记载称，他的妾姚氏曾经上书给景泰皇帝，说以前吴诚在香山买过坟地，要求在那个地方给吴诚建个衣冠冢招魂。景泰皇帝还批准了。后来英宗复辟，又赐给吴诚之妻南京庄田。这些都说明吴诚生前的两性生活十分丰富，也说明朱元璋时代的规矩被彻底破坏。

渐渐地，内监与宫女配对这样的事，成了见怪不怪的事情。要是宫女买个针线、盐、油啥的，总得自己亲力亲为，没有内监相好跑腿，还会被女伴嘲笑，觉得她没人要，就像现在的人说的是“剩女”。甚至还出现了给内监宫女撮合的媒人，形成了产业链，能靠这个挣钱了。内监们娶妻宫女们结对，叫作“菜户”，约定俗成，气魄也越来越大，成化年间，内监龙闰竟然娶到南和伯方瑛的妻子（方瑛为当时的猛将，四十五岁去世了），估计连皇帝都觉得太过了，命令他们离异。后来还有太监常英，收他人妻子为“干女儿”，热闹得一塌糊涂。

内监嫖娼也是当时的一景儿，他们可是妓女们最欢迎的恩客。有些内监，干脆就娶了妓女。

宦官再怎么折腾，也不能和平常人一样过性生活，娱乐基本要靠手和工具，如何像正常人一样，就成了需要探索的重大课题。这方面的先行者是万历年间福建税监高寀，他与术士合作，研究出了一个偏方，就是吸食小儿脑髓，为此，害了无数小孩子的性命。

娶妻配对嫖娼的内监，并不全是自宫的，看上去也和自宫潮没啥直接关联。可是这些事告诉人们，自宫也没啥大不了的，阉人有办法把与常人的生活差距缩短到最小，要是有钱有权，则完全可以凌驾于普通人之上。这么一来，那些自宫的人，还有什么后顾之忧呢？

万历中期，河北沧州肃宁，有个下身溃烂的流浪汉决定自宫。这人身形高大，目不识丁，性格狡诈，本来是个混混，没什么积蓄，却喜欢喝酒嫖娼赌钱，热爱鲜衣怒马一掷万金的生活。可是有这个心，没这个命，很快就混得流落街头吃不上饭，人人都嫌弃。看着自己破烂的衣衫、不堪的身体，流浪汉琢磨，都已经这样了，干嘛不去当个阉人，重新混个前途呢？

这个人叫魏进忠。随着那一刀咔嚓下去，他的命运彻底改变了，先当了官员家佣，之后竟然被推荐进了宫里。再之后又改名魏忠贤，开始了自己兴风作浪左右皇帝和朝政的人生高潮。

已经积重难返的大明，就在这个自宫者的推动下，彻底走上了不归路。大明的皇帝们终于没有奈何“自宫潮”，自己的江山，却开始崩塌在自宫者的手里。

大和尚的艳事

元朝灭宋那阵，宋陵被挖开了，肥了一批人。其中就有个大和尚，名叫祖杰。这位大和尚手握不明来路的巨资，居住在浙江永嘉的江心寺里，还给自己造了个大宅子，命名为春雨庵，华丽之至。

祖杰收了个徒弟如思，如思本是当地里正，被大元折腾得日子过不下去了，只好出家。自己三个儿子，留一个在家，另外两个也去雁荡做了和尚。

有钱有势的和尚谁不爱呀？祖杰就结交了不少官员。其中有个总管，认为祖杰路子广，托祖杰给找个美女带到家里。别说，祖杰还真有本事，美女找到了，美得不行，和尚也动心，祖杰来了个捷足先登。之后，美女就怀孕了，留在庙里不是事儿。祖杰也有办法，把她嫁给了如思的儿子——就是留着看家的那位。

嫁是嫁了，但祖杰依旧定期去找美女约会，乐此不疲。一来二去，飞短流长，街坊议论纷纷，如思一家压力大啊，终于扛不住了。于是，如思的儿子带着自己的“妻子”，藏了。

祖杰大怒，立刻出大招，找人把如思家的祖坟给刨了（真不愧是挖坟的专业户）。

师徒二人就此反目。如思一家把祖杰告官。然而并没有什么用，倒是如思挨了顿板子。如思不服，“诉之廉司”，找了纪委，可祖杰也有办法，将许多刀枪兵器藏在如思家，官兵一查，嘿，私藏军火，如思又挨了顿板子。接下来，如思上诉到行省，行省里祖杰也行贿了，案子被发回本县审理，“复受杖”。这如思也是拧，决定带全家去大都上访。

走了没多远，就遭到祖杰的截杀。如思一家老小全都沉了湖，那名美女孕妇死得更惨，被开了膛。祖杰这么做，是想知道胎儿是男是女。

斩草除根，这下踏实了吧？还没有。有个和尚看不惯祖杰，又把他告发了，说他杀人灭口。有司认为，此原告和尚与祖杰案无关，不予“立案”。可私下里，却送来二十锭银钞当封口费。当官的向老百姓行贿，可是举世罕见。于是，举报的和尚拿着钞票，直接举报了向自己行贿的官员，这才引起了重视。

这个时候，出现了一件蹊跷事儿。遥远的江西平江的官府向永嘉官府发出了一纸公文，大意是如思等一家七口正在本府陈诉官司——言外之意，他们都没死。永嘉的官员们这次留了个心眼儿，专门派人去核实，对方的答案是：我们没有发过公文，而且有司也没有资格向你们发这样的公文。

不用说，这公文是伪造的，事儿是祖杰干的，只不过画蛇添足，欲盖弥彰。伪造公文这事谁都担不起，于是官府开始捉拿祖杰。中间也是费了许多周章，终于把祖杰及其同伙捉拿到案，但却跑了两个人，一个是祖杰的心腹陈轿番，很多事情他都有参与。另一个是祖杰的手下普通和尚，传言这位普通和尚携巨资去了大都，那是寻求外援去了。

祖杰在审讯中一直矢口否认对自己的指控。也是天要绝他，就在他要被从县级的监狱移送到州府的时候，陈轿番出现在围观的人群中，被一举拿下。陈轿番一招供，祖杰的心理防线就崩溃了，一五一十全都招了。接下来，该怎么办就怎么办吧。

还没完。那些得到过祖杰好处的人，拼命想拖延此案的程序，把着给上级的申报文书不发，就想耗时间，别忘了还有个找救援的在外面，他们要耗到救星来的那一刻。

这时候，群众不干了。那时候也没个自媒体，有人就把祖杰的事编成了戏文，四处传看，动静也是越来越大。

永嘉的官员们坐不住了，这样下去，祖杰和自己的种种关联，那就全得露底啊。得，一不做二不休，弄死他得了，于是祖杰“毙之于狱”。一人闭嘴，大家闭嘴嘛。

祖杰死后五天，释放他的赦令到了永嘉。

这个案子记载在《癸辛杂识》中，之所以详尽地复述出来，也是因为它看着挺眼熟。

和尚能不能娶妻娶妾，搞男女之事，最早社会上也没明文规定。出于信仰或修行的需要，抑或戒条，有些和尚会自律，也有些和尚则不然。到了宋朝，规矩逐渐严格起来，不过元朝扫荡南方，一些规矩和程序也受到破坏和改变，有权有势的和尚们甚至还搞起了腐化。《癸辛杂识》还说了另外一个比较典型的例子：和尚们要求尼姑侍寝。

浙江临平有个明因寺，是尼姑寺院，规模挺大，但“往来僧官”，往往要求年轻的尼姑陪睡，让寺院苦不堪言。于是尼姑们想出了一个办法，建立了一个“尼站”，让违反寺规有污点的尼姑住进去，以供不时之需。

《南村辍耕录》里讲到嘉兴有位白县尹，想去姚庄庙里转转，路上看见了许多浓妆艳抹的女子。他问跟班们这些人是干嘛的？有人回答：“这儿的风俗就是这样，年轻貌美的，都是和尚的情儿，年龄、姿色稍微差点儿的，全归老道了。”可见当时和尚、道士泡妞，都公开化了。白县尹听闻后诗兴大发，在墙上题诗一首：“红红白白好花枝，尽被山僧折取归。只有野薇颜色浅，也来钩惹道人衣。”写完了，得意了一阵，又觉得不妥，命人涂掉，可晚了，已经被人“秒截抄”，传开了。

和尚、道士，与女眷同居，称为“火居和尚”或“火居道士”。到了明朝，对火居和尚和火居道士的约束严了起来。洪武年间有个奇特的规定：火居的人，许人索银三十两或五十锭银钞，拿不出来，打死勿论。这事情到了正统年间有了实在的案例：当时山西有个和尚夜入民宅强奸女性，不知道出了什么幺蛾子，被同伙给打死了。当时初审，判凶手死刑。很快就有大理寺的官员指出：旧例，和尚有老婆的，众人可殴打辱骂，并且索要五十锭银钞，没钱，打死勿论。现在这个和尚是强奸女人，比有老婆还恶劣，打死他的人应该罪减一等。这个辩护成功了，凶手最终得到的处罚是充军戍边。

不过，明朝的规矩严，但执行力显然是不够的。《万历野获编》说："今陕西、西宁诸卫土僧，俱仿西番有室，且纳于寺中。而火居道士则遍天下矣。又僧之犯奸者，近止令追牒还俗，正堕其计中。"

几乎前后脚，正统八年，陕西石匣寺静悟禅师，和自己的侄女搞到一起去了，岷州卫的群众举报了此事。对于这个丑闻，皇帝采取了和稀泥的办法：出家人怎么会有这样的事儿呢？放过吧。就没再追究。原因嘛，这位禅师是"番僧"，真名叫阿难答。外来的和尚，有自己的规矩，也没法儿一碗水端平。

嘉靖年间，江南出了一位著名和尚，名叫雪浪。此人出身名门，通晓梵文，聪慧能诗，而且身材、容貌都好，善于辩论，据说曾和传教士利玛窦进行过论战，简直没一点儿缺陷了。当时金陵大报恩寺有座宝塔，号称海内第一，不幸被烧掉了，是雪浪募资重修，让宝塔重现旧貌。这么有能耐的人，颜值又高，人气蹿升，也是很正常的。

就一点，雪浪这个人，不拘小节。例如哥们儿会"挈之游狎邪"，逛逛娱乐场所，或者喝酒啊看戏啊，他都去。这也就算了，最要命的是他还和教坊的女明星寇四儿交往甚密。寇四儿经常做个私家饭，请他亲临闺阁，十分频繁，有关雪浪的各种八卦也就传开了。

最烦雪浪的，是南京的国子监祭酒郭明龙，他把搜集到的雪浪的种种淫乱传闻写成信，寄给各路好友，要发起一场“驱逐雪浪”的运动。其结果是，雪浪离开了大报恩寺，开始“汗漫江湖”，每到一处，“士女如狂”，“受戒礼拜者摩肩接踵”，“城郭为之罢市”。现在就是最耀眼的明星，也达不到这个高度吧？

雪浪四处转悠，排场也相当大。他带着几个侍者，都是“韶年丽质”，绫罗绸缎加身，内衣也是红色或紫色，引领时尚潮流，“几同烟粉之饰”。这说明他根本不在意别人说什么，而且越说还越嘚瑟呢。《野获编》的作者沈德符，曾经问国子监的前任祭酒冯开之：“和尚这么做，和他们的戒律真没抵触吗？”这位冯老先生不仅是郭明龙前任，还是他的哥们儿，但对雪浪的态度却截然不同：“其实和尚和我们一样。我们家里有几十个婢妾，有碍于它日去西方极乐世界吗？”

雪浪六十三岁时坐化，弟子众多。他的弟子憨山为他写了传。临终前，憨山等人问他有什么话留下，他答：如空中花，本无所有，说个什么？

和尚也好，大师也好，跟常人一样，有看得开的，也有看不开的，有被繁华富贵遮了眼的，也有心里清净的。事儿还是那些事儿，有人留下丑闻，有人留下美名，区别还在于内心有没有修行，修行有多高吧。人生苦短，莫害他人，自己尽兴。

私情记

话说，当年梁启超在日本，办了张报纸，想找同在日本的马君武（后来的国民党元老）写稿子。马君武说自己懒，不想写。可是有一天，他发现这张报纸上发表了一个姑娘的作品，编者按里说，这姑娘可是才色双全。姑娘不仅文章写得好，人生得还漂亮，把马君武给看心动了，找到梁启超的学生罗孝高问：“我能见见这姑娘吗？”

罗孝高拍胸脯说：“没问题，她是我的中表亲，就快来日本了。”

马君武大喜，立马写了情诗，让罗孝高转交姑娘。罗孝高拿了诗，补了一句：“介绍你们认识有条件啊，得多给我老师的报纸写稿。”

马君武变勤快了，拼命写稿。没几天，姑娘复信来了，也有一首情诗。马君武欣喜若狂，撰文不止。

又过了些日子，罗孝高带来了姑娘的照片和信，说姑娘人已经在横滨，这下马君武更激动了，不仅让罗孝高带去自己的照片，还买了好多高级点心交给罗孝高带走："让她快点儿过来啊。"

"好的，那可得多写稿啊，姑娘都看着呢，写不好来了也不介绍。"

"行行行……"

然后，就没然后了。罗孝高和哥们儿把点心都吃了，边吃边絮叨："这是马君武柳丝糕，这是马君武花枝饼……"

马君武每次催问罗孝高，姑娘都还在横滨。马君武终于急了，终日逼迫，几乎挥拳。罗孝高撑不住，只好承认："没有姑娘，那姑娘是我编的，那些文章啊、诗啊、信啊，都是我写的，那些点心，都吃完了。"

马君武不甘心："作文呕心血，花钱累血汗。你别开玩笑啊。照片都有……"

罗孝高说："那照片是广东一妓女。"

马君武明白自己被骗稿子了，连呼"恶煞恶煞"，把刚写的稿子全撕了，愤然而去。

那阵儿的人，真是——单纯，叫人想起句老话：用情就像高手过招，谁先心动，谁就输了。

这种失落的情感八卦小段一抓一大把。胡雪岩的儿子胡品三讲过这么一件事儿：丹徒有一位大帅哥，“美丰仪，多才艺”，就是娶的老婆难看而且彪悍，让他后悔不已。最后，纵情诗酒，还变成同性恋了。周边人劝他，这哥们儿长叹口气，说了句掷地有声的话：“哎，与其为无盐之夫，真不如当子都之妾。”无盐是史上著名丑女，子都是史上著名高富帅。兄弟不幸福，变成同性恋，源自他是“外貌协会”的。

为情所困的还有不少大人物，张之洞也算一位。张之洞在湖北做官，有一天去视察纺织厂，走到文昌门大街，瞧见路边宏兴茶楼，有少女当肆。女孩姿容甚丽，张之洞在轿子里，看了一眼，就拔不出来了。回家还惦记，跟自己的手下张彪说：“文昌门那个茶馆，柜台里的女孩儿，称得上是美色。”

张彪不傻啊，一听就用心了，找到茶馆，跟女孩的父亲商量：“张大人想请你家女儿入衙去伺候三姨太，之后荣华富贵不尽。你琢磨琢磨？”

这当爹的能不明白什么意思吗？找丫鬟也没到茶馆来找的啊。不过他也真够决绝的，二话不说，当天夜里就把姑娘送到了张之洞家里，张之洞也就立马“纳之”。只是，这一老一少终日云雨，流连两个多月，女孩来了例假也没停，得了病，死了。张之洞令人把她从后门抬走，再让张彪给女孩的父亲送了一大笔钱，算是了结。

这事儿让章太炎知道了，改了首唐诗讥讽张之洞：

“而今梁上无君子，终古文昌唤卖茶。”

不过要说最惨，还是女孩儿的父亲，“前日盈门致贺者，今则垂头丧气”。丢了女儿，图什么啊？

这闹出人命的情案，法律不管吗？管。但按照大清律，主人诱奸下人妻女，罚俸三个月；要是反过来，仆人诱奸主人的妻女，斩立决。

当年新进刑部的小“公务员”们，最爱看风月案例，看到这条了，还向上司提出质疑：这公平吗？

答案居然是：“公平”。

有司是这么解释的：官场大忌，就是仆人、门丁控制主人。想想要是主人偷情处罚狠了，那手下人故意让妻女去引诱主人，造成偷情捉奸事实，主人怕声张，还不顺从仆人，要什么给什么？那就没法儿维持秩序了。但下人与主人家眷有染，则必须严惩，否则胆子会越来越大。

说到这里，有司还举了两个案例：一是某相国和仆妇有染，一天早朝，刚出门，就被仆人拦住了，高声叫嚷，问主人要老婆。纠缠不休，竟然耽误了早朝，传为笑柄。还有一事，乾隆嘉庆年间，湖北黄冈陈家，家族很大，多在外面做官，家里面的关系却混乱不堪。主人和仆妇、仆人和主妇都有染，夫人生的孩子像仆人，丫鬟生的孩子像主人，那叫热闹。后来，为了争遗产，诉讼多年不决……偷情真有风险。

关于男女之事，《大清律例》还有一条难以理解：调奸致女性自杀，判绞刑。

调奸是什么呢？就是调戏妇女。其实调奸并非重罪，当时规定：动手动脚的肢体接触的，立刻处决；言语挑逗眉目传情的，缓刑。然而，若调奸未成，和息后被调戏之人若因人耻笑复追悔抱忿自尽，则致死者要立即处刑。

当年也为这事儿闹出两个著名案例：一个是某人在路边小解，被一个路过的女人看到了，此人不仅不躲，还冲人家笑，并用手指了指自己的"那话儿"。结果女人羞愤难当，回家上吊了。当时判的是缓刑，因为没有肢体接触甚至连语言勾引都没有。但此案被刑部改成立即执行，理由是："调戏虽无言语，勾引甚于手足。"

另一个有点儿类似。一个老师正给小学生上课，憋不住了，跑到外面小解，恰巧楼上窗开，有女孩儿探头。这位教书先生可能是不好意思吧，也冲女孩一乐。得，女孩儿上吊了。这叫什么事儿啊?！教书先生也是绞决，死得真冤。几个案子连到一起想，就知道，大清的严刑峻法，对付老百姓的多。

也有男人自杀的。

元朝钱塘有个书生吾衍，这位吾衍先生，不参加科举，就喜欢抚琴吹箫，平时教着几个小学生，日子过得也悠闲。就一件烦心事儿，四十岁了没老婆，老光棍。

朋友好心，给他说了个女孩成亲，可祸事也跟着来了。原来几年前闹兵火，女孩的家长，曾把她卖给某人为妾，女孩逃了出来。这次再出嫁，原来的夫家找来了，打起了官司。女孩的父母应讼，就住到了吾先生家里。偏偏这对父母，还有印制伪币的案底，牵连到了吾先生。一闹腾，老吾被官府锁了去……虽然最后没他什么事儿，可被人绑着走在街上，乡亲们全瞧见了。平时也是德高望重的人，受了这般凌辱，怎么想得开呢？吾先生一气之下，投了西湖，人们根据他掉在湖边的一只鞋下去捞，捞了九十天，才捞上来。

喜事就这么变成了悲剧。所以光棍要脱单，还需要注意一点：对对方要知根底。

可是“情”字当前，荷尔蒙作怪，又有谁能耐得住呢？

元朝至元年间，苏州阊门外码头卖米富商薛某，有这么俩闺女：兰英和蕙英。姐妹俩能诗画，又漂亮，老爹爱得不得了，在河边盖了一“兰蕙联芳”楼，还请来画家在墙上画了兰蕙为主题的壁画。加上姐妹俩出了诗集，远近闻名。

这样的白富美女孩自然会引来追求者。昆山郑生就是其中一位。郑生的爸爸和薛老板是至交，郑生就用这个关系，老去薛老板那里运货，薛老板也待他不错。天热啊，郑生就把船撑到联芳楼下，脱光膀子洗上澡了，腱子肉一露，楼上姐妹俩看得心旌摇荡，“啪啪”两声，两颗荔枝就扔下来了。

郑生觉得，这就是有戏了，可也拿不准。再说楼那么高，怎么上去啊？这位小哥抱着试试看的心情，半夜三更又来到联芳楼下，站在船头，左顾右盼。很快他就听见“吱吱呀呀”的声音，楼上姐妹俩用秋千绳子，系着一大竹筐放了下来，郑生乐坏了。

郑生上了楼，见着姐妹俩，乐疯了。“既见，喜极不能言”，激动地说不出话来，那就啥也别说了，办正事儿吧，“遂相携入寝，尽缱绻之意焉”。小伙子一举把俩女孩儿拿下了。

这事儿搁清朝恐怕不行，搁元朝，传为佳话了。所以，想要爱情不容易，生的时代还得对。

其实最适合谈情说爱的是唐朝。唐朝有位朱子春，未婚男青年，还没情人呢，自己先盖了一楼，叫“待阙鸳鸯社”，“帷帐修丽，以待其事”。后来，鸳鸯社就被拿来专指男女欢会之所。到了清朝，纳兰性德也在家里盖了个鸳鸯社。

千金一刻三春夜，转眼水流花谢。已觉都成梦话，只是伤心也。 分明有恨如何写，判得今生暂舍。还拟他生重借，领袖鸳鸯社。

兰蕙联芳楼、待阙鸳鸯社——爱情中闪出四个大字：有房真好。

续私情记

寄言织女若休叹，
天地无情会相见。
犹胜嫦娥不嫁人，
夜夜孤眠广寒殿。

这是宋代苏门四学士之一的张文潜写的《七夕歌》，在叙述了牛郎织女的爱情故事后，给了这么一句总结。虽然看上去别出心裁，倒也恰如其分。牛郎织女算是美满还是不幸呢？比起那些能长相厮守的有情人，他们一年一会，算是个悲剧；可要是比起嫦娥这样孤零零的大龄剩女来，他们好歹是没被拆散。大多数人的爱情都是这样吧？比上不足比下有余，也得看和谁比了。

数落一下古人的爱情，倒也很有意思。印象里，古代礼教甚严男女有别，父母之命一出，婚也就结了，可浪漫的爱情依旧遍地开花——当然，和所有时代的爱情一样，有靠谱的，也有不靠谱的。

唐朝有位和白居易齐名的诗人，叫元稹。元稹二十二岁那年，在山西蒲州的普救寺读书。也是巧了，一对母女去长安，也路过这里。妈妈姓郑，女儿姓崔。倒霉的是，当地的节度使死了，他手下的军队涣散，四处作乱，还好，元稹找到了自己的熟人，派官吏保护了普救寺，也保护了那对母女的安全。

为了感谢元稹，郑氏把自己十七岁的女儿崔姑娘叫了出来，拜元稹为兄长。元稹一瞧，哎呀真漂亮啊。他曾经这样描述自己的恋爱观："好色之徒登徒子不算是喜爱美色的人，他那是淫欲，不挑。我才是真正懂得美色的，只是一直没遇到。我要见过漂亮姑娘，肯定会记在心里。"

元稹见着崔小姐，就记在心中了。后来，在婢女的帮助下，他终于和崔小姐私会成功，恋爱了。

等等，这不是《西厢记》吗？没错，这就是《西厢记》的原型。故事的原创就是元稹，当时叫《莺莺传》，又叫《会真记》。只不过元稹在创作这个作品时，把男主角改了姓，叫张生了。

很多证据表明，主人公就是元稹本人。宋书《侯鲭录》里，甚至刊载了所有元稹和崔莺莺唱和的诗词。只不过，元稹没有被崔氏的妈妈逼去参加考试，他是自己去的。他也不是像小说里写的那样，没有考中，眼看着崔氏嫁人。他考中了，当了官，却没有回头去找崔氏，而是另娶了一位姓韦的女孩。

元稹为什么会放弃和崔小姐一见钟情的感情，另娶他人呢？因为——崔小姐是元稹的表妹。根据元稹、白居易、韩愈等人的文字记载，元稹的母亲也姓郑，他母亲的妹妹，也就是姨妈，嫁给了一位姓崔的官员。贞元十六年，姨夫去世，姨妈带着表妹去奔丧，在普救寺遇到了元稹。

还有一种说法，那就是韦姑娘家很有背景，她的父亲是太子少保，翅膀没长硬的元稹急需找一个靠山——爱情很丰满，现实很骨感，攀龙附凤的现实终于打败了一见钟情的爱情。

几年后，为元稹生下五子一女的韦氏病故，元稹写下了“曾经沧海难为水，除却巫山不是云”这样的千古名句。可又有谁知道，在妻子病重的时候，元稹主动要求了去四川的差事，跑到那里和才女薛涛打得火热。许多人都认为，元稹的情是挂在嘴上的，实际上，他只是薄情。

说完元稹，再说说他的好哥们儿白居易。白居易最著名的《琵琶行》，讲他请来曾经红极一时的琵琶女弹琴送客。最后一句“座中泣下谁最多？江州司马青衫湿”，让人唏嘘不已。

问题：为什么白居易哭得最厉害？

答案：因为琵琶女和白居易有八卦。

野史记载，琵琶女的真实姓名叫裴兴奴，在她最红的时候，和白居易曾经恋爱定盟。只是造化弄人，两个人不知道为什么劳燕分飞。等白居易重新见到裴兴奴时，她已经“委身为贾人妇”，成了茶商刘一郎的妻子。裴兴奴的丈夫“浮梁买茶去”，裴兴奴又恰巧与白居易重逢，于是他们“重叙旧情”。

他们最后的结局，当然是破镜重圆。一种说法为刘一郎回家，发现妻子不见了，急忙报官，白居易差点儿被下狱，还是元稹帮忙，找皇帝走后门，居然把倒霉的刘一郎流放边陲；另一种说法为裴兴奴心属白居易，拒绝丈夫近身，刘一郎只好外出寻欢，喝醉后坠江而亡。总之，不长眼娶了诗人相好的商人刘一郎最后没有好结局，还落得“商人重利轻离别”的恶名，白居易还是得以与裴氏“在一起”了。

这个大八卦说出来，怎么那么让人心里不是滋味呢？

唐朝的性观念比较开放，婚外偷情的事可不止这一桩。

天宝年间，某宫中侍从生病了，其同事派儿子前来探望。小伙子是千牛备身（官名，皇帝身边的带刀侍卫），长得英俊，与生病侍从的小妾一见倾心，立马被收入闺中，多日足不出户，偷情偷得天翻地覆。

皇帝身边丢了个人，能不着急吗？唐玄宗命令全城查找，还找来小伙子的父亲，问他哪儿去了？回答：“去某某那里探病去了啊。”

纸包不住火。小妾眼看要被查到，赶紧对小伙子说：“你快走吧，不过千万别说在我这里，皇帝要问，你就说不知道在哪里，只说见到了什么样的人，看到什么样的摆设帐帷，吃的什么什么东西……按这个说，准没事儿。”

小伙子见到怒气冲冲的皇帝，就按小妾的吩咐，说了一遍。没想到皇帝气消了，还“嘿嘿”坏笑起来，这事儿也就过去了。

没几天，杨贵妃的姐姐虢国夫人进宫了，皇帝一见她就乐，问：“你把个小伙子藏了这么久，都干啥了？”原来，小伙子叙述的，是她家的陈设。

虢国夫人不知道说的是哪一个，皇帝这么一问，就哈哈大笑起来。原来皇帝的这位大姨子也在偷情，谁的事“栽赃”到她身上，都跟真的似的。

和那些欢乐的偷情故事相比，父母经手的婚姻，离爱情就比较远了。就算有爱情，也会搞得七零八落。

周端朝是南宋宁宗时期的太学生，因为反对权臣韩侂胄，差点儿被杀。后来韩侂胄倒台，周端朝出来做官，一身正气不群不党的样子。他只和一位姓李的官员关系不错，两个人决定联姻，周的女儿要嫁给李的儿子。

没想到办婚礼那天，突然出事了。

有一群太学生求见。周端朝说：“多大的事儿啊，明天再说，没看见今天我嫁女儿呢？”

没想到来人道：“就为这个事儿来的。”接着递上一封信。

原来，这位李姓官员是接替韩侂胄掌管朝政的史弥远的同党。那封信里说，要是这桩婚姻成了，天下人都会认为，你周某是借着史弥远上位的。

周端朝没想到这一层，都惊呆了，立马跑出去找女儿商量，取消婚约。

这时候，新郎已经来迎亲了，乐队都奏乐了，没想到新娘传出话来，说自己不舒服，改天再结婚。新郎郁闷坏了，“惘然登车去”。

这件拆散婚姻的事情，最终导致周端朝被参劾，官职又丢了。划线站队这事儿多有威力啊？当爹的光顾自己脸面了，全不把女儿的幸福当一回事儿。

如果周端朝这事儿情有可原，那么下一个故事就不可原谅了。

清朝雍正乾隆年间，江南有位老先生叫顾持国。老顾一生郁郁不得志，兄弟几个都考上功名了，就自己没戏——这样的人，有点儿变态是肯定的。

《庸盦笔记》记载，老顾的女儿要出嫁了，正赶上花轿涨价，婿家要用花轿迎亲，得多花几十贯钱。女婿家就说，大家都不富裕，节俭办婚事行不行？按说这事儿双方商量着来呗，没想到老顾对媒人说：“你转告他们，没有花轿，我这女儿不嫁了。”结果话传过去，对方也急了，回答：“一定要花轿？没门，雇花轿的钱，都够给我家儿子买个小妾了。”

谁都不肯让步，这事儿彻底黄了。老顾发誓女儿不嫁了，留着，对方竟然真给自家儿子买了个小妾。好好的婚姻，砸了。

转过年来，过春节了。大年初一，女儿盛装给父亲拜年，没想到老顾竟然怒火冲天呲儿了女儿：“嫁不出去，你还有脸来见我？”

这关女儿什么事儿啊？自己的责任，竟然推脱到孩子身上。女儿委屈地回屋，上吊自尽了。

这是真悲剧，当爹的比王母娘娘狠多了，女儿的遭遇也比牛郎织女的故事惨。婚姻不能绕过父母，但父母要管得太多，横加干涉，或者只为自己考虑，则子女没可能幸福。

罗隐是晚唐时期很有名的诗人，才华横溢，光看文字，颇得小文青的喜爱，甚至当时的高官郑畋都很器重他。郑畋有个女儿，自然也是罗隐的粉丝，漂亮聪慧，文艺范儿白富美，每每吟诵罗隐的诗句，“微哦不已”。连郑畋都看出来了，女儿这是因文爱人，喜欢上罗隐了。

郑畋心里可有谱了，知道罗隐有个致命缺点，就是长得不好看。有一次罗隐上门拜访，郑畋就让女儿隔帘窥看。看完了，女文青郑小姐懊丧不已，从此绝口不再咏罗隐诗。见光死了，又一个“外貌协会”的。

男孩儿长得漂亮就不会见光死了吗？也未必。

清朝光绪年间出使法国的大臣裕庚就碰到了这么一档子事儿。有一天早晨，突然有位法国少女跑来使馆，要找自己的男朋友。

众人瞧她着靓装丽服，乘坐的是双马车，就知道是有钱人家的孩子。问她找谁，说不出来，就说是二十多岁的使馆随从，和自己交情匪浅。这么一说，大家都傻眼了，因为使馆里并没有这么个人。

费了好大劲儿，使馆里所有的男人都被叫来让女孩儿辨认，可一个都不是她要找的。

这可难了，她到底要找谁呢？想来想去，忽然有人想起来了，带着女孩儿就去了厨房。只见一位厨子正短衣装束，挥汗如雨，在案板上切肉呢。女孩儿一看，脸立刻就红了，羞愧不已，转身就跑了。这次的跨国恋情，又是悲剧性的见光死。

后来打听到，女孩儿是法国一个爵士的女儿，和自称使馆随员的年轻厨子已经认识好些日子了，就是没弄清楚小伙子叫什么。这次她突然跑来使馆，也许是想问个水落石出，没想到落差有这么大。这对男女的情愫被彻底杀死，使馆官员们，都把这事儿当成笑谈。

要不怎么叫私情呢？能扛住、能见光的，就不是私情了。

在爱情中死去

清朝道光年间，四川南部的宁远府（今西昌一代）地震，“环府城数十里，城垣房屋倾陷尤甚，人民牲畜死者无算。”这场浩劫，让地方官陷入了深深的自责之中，觉得因自己平时勤政不够，才导致灾祸。后来他做了个梦，梦见城隍神劝慰他，说地震是上天的谴责，与他无关，请他宽心。醒来后，他就从自责中摆脱了。

但是，古人觉得受到天谴，总是有原因的吧？于是，有司做了一个奇怪的统计：在地震死亡的人中，男女合抱而死者，达到三千余人，但其中真正是夫妻的，只有八百余人。

原因找到了——此地非婚情人太多，淫风太盛，于是“上干天怒，故有此劫”。瞧，说来说去，最后还是群众的不是。

当然，群众可不认为有个情人是多么糟糕的事情，相反，他们总是乐于传诵那些背弃父母之命还能超越生死的爱情。宋人有《睽车志》一书，其中就讲到了一次真正特别的邂逅：有书生借住庙中，夜里有女子来访。小伙子受到诱惑，于是女孩每天晚上都来缱绻。一个多月后，女孩吐露真情："其实我不是人，我是以前本郡官员马公的女儿，叫马绚娘。后来死了，就埋在你房间的旁边。"面对惊吓过度的书生，女孩又说了破解之道："其实我们睡了，就意味着我可以复活了。你在半夜找把铁锨，挖开我的墓，开棺，会看到我像熟睡一样。你就使劲叫我的小名，叫到我眼睛微睁。然后你要抱我回床上，给我灌酒，让我安安静静地睡一觉，等我睡醒，就是活人了。"

死去的女孩就这样还了魂，一对小情人迅速遁去，"辗转湖湘间，数年生二子"。等到马家来人给绚娘迁墓，才发现人不见了。最后，马家派人辗转找到绚娘，绚娘给父亲写了封信，说自己一切都好。父亲看了女儿的字迹，知道女儿真的还活着，就放了心，但父女相认还是算了吧，再也不提此事。

这个故事，可以看成传说或者神话，就像七仙女的故事一样，反映了古人看待情感八卦的心态：希望爱情隐秘，隐秘到天上人间、生死两隔才过瘾；希望女方主动，这样才有神奇的意外之喜；还希望爱情能拥有强大的力量，能起死回生，能跨越生死的界限……

等等，这个情节是不是有点儿熟悉？没错，有学者就认为，马绚娘的故事就是杜丽娘故事的原型，汤显祖就是看了这个段子，才写出了《牡丹亭》。

没完呢，还有一个熟悉的。

故事发生在福建。有一个人出门到邻县，逛街的时候，突然看见一个姑娘，他吓了一跳。为什么会吃惊呢？因为这个姑娘是他的亲戚，还因为，这个姑娘，一年前已经死了，他亲自参加了葬礼，看着姑娘被埋进了坟墓。

会不会是认错人了呢？或者，只是长得像？这个人开始对姑娘跟踪，发现不仅是容貌相似，说话的声音、走路的步态，那简直是无一不像。于是，他乍着胆子，远远地喊了一声姑娘的小名——那个姑娘居然回头了。

这回，他确认不是看错，而是闹鬼。他赶紧跑回家中，把神奇的事情，说给姑娘的父母听。

谁都不相信他的话，直到在他的坚持下，乡亲们掘开了姑娘的坟墓。这一回，大家目瞪口呆，棺木还在，可里面却是空的，姑娘不翼而飞了。

于是，他带着姑娘的父母，到邻县去找女儿。

还真让他们找到了，问题是，姑娘看着他们，一脸迷茫，不承认自己过去的一切。总之，姑娘一口咬定，她根本不认识他们。

父母总是不甘心的。他们找到了姑娘的邻居，打听姑娘的过往。邻居大妈说，这个姑娘已经结婚了，有丈夫，剩下的情况就不了解了。姑娘的父母想来想去，告诉这位大妈，他们的女儿，胸前有一块胎记。希望邻居大妈方便的时候给看看，若有胎记，必定是自己女儿，如果没有，那就算了。

大妈是很八卦的，不知道使用了什么手段，也许是借口做衣服，真的看到了那块胎记。铁证如山，姑娘不得不承认，自己的确是他们的女儿。

这一切到底是怎么发生的呢？

原来，这姑娘小时候订的是娃娃亲，长大了，理所当然要出嫁。可是，姑娘却爱上了邻家的少年，两人有了私情。出嫁迫在眉睫，也不知道小伙子打哪儿听来的偏方，用茉莉花根，磨成汁液，调在酒里，让姑娘喝了下去。茉莉花根有麻醉功能，喝下去就和死了一样。喝一寸假死一日，喝两寸假死两日，以此类推，最多可喝六寸，再喝多，人就真的醒不过来了。

两个小情人就这么制造了一次假死。姑娘被埋后，小伙子掘开坟墓，带着姑娘逃到邻县，过起了恩爱的生活，谁知道还是不够远，终于让父母给找到了。

想起来，这姑娘得多信任那个男人，才能答应用这个办法。要是偏方有误，或者喝的多了，或者喝的少了，或者男人来的晚了，那就真是死了。这可是个玩命的法子。这也许能称为罗密欧与朱丽叶故事的中国版。

只可惜，爱情还是禁不住考验。在事情败露后，男人没有选择和姑娘共同承担，而是独自逃跑了。审案子的县官叫吴林塘，他想办法抓回了姑娘的丈夫。但是怎么判案，颇费脑子。要按盗墓论罪，小伙子并没有图财，要按药迷女子论罪，姑娘又是情愿的。最后，县衙稀里糊涂，判了他个拐带妇女罪。

这个故事是纪晓岚写在《阅微草堂笔记》里的，比莎士比亚的故事晚了些。共同点在于，都是两情相悦而不得，服药假死，最后都是悲剧。不同点在于，中国的故事里有逃避，没出人命。

爱与死亡的主题不仅出现在传奇中，也往往出现在生活里。《云蕉馆纪谈》中说，这方面表现特别到位的要数明朝的大财主沈万三。沈万三有钱任性，娶了十三个老婆，其中最爱的名叫丽娘（古人真爱这个名字）。沈万三喜欢和丽娘在后花园中散步，走到探香亭旁，看到亭边一株古梅。梅花是白色的，丽娘说："这株梅树香则香矣，就是少些艳色。"就把身上穿的金翡衫挂到了树上。这件事给沈万三的印象尤其深刻。

不久，丽娘就去世了，沈万三没事儿就到这株梅树旁待着，"或夜宿梅下，或日祷梅间"，显然把梅树当成了思念丽娘的依托。后来，他又在丽娘的坟边修了恩锁台，里面是请梅花道人杨铁崖写的"离思碑"，表达对逝去女人的想念。

还有一位为情郁郁的，是清末民初的大才子苏曼殊。苏曼殊比较倒霉，他爸是个商人，去日本做买卖的时候认识了他妈妈，一个日本女人。后来回到广州，老爹的正室媳妇大怒，把苏曼殊娘儿俩赶了出去，生活窘困，苏曼殊还出家了。苏曼殊小的时候，老爹曾给他谈下个婚事，对方是大户人家的女儿，可后来世事变迁，老爹又去世，两家没了来往，事情应该就是黄了。

后来，苏曼殊要东渡日本省亲，但没有路费，只好和朋友上街卖花筹钱。可巧，买花的女孩儿认识苏曼殊，过来就问："这不是苏郎吗？怎么卖上花啦？"原来，她是那位大户人家小姐的小丫鬟。苏曼殊便把自己遭遇的种种变故说了，让丫鬟转告小姐，别等了，该嫁就嫁吧。没想到丫鬟回去一说，小姐还较上劲了："这叫什么话，你去告诉他，我死等着他。"说完，还拿出了随身的佩玉交给丫鬟，叫她转交苏曼殊拿去变卖，好有路费去日本。苏曼殊有了这笔钱，才得以去日本留学。

只是等苏曼殊回来的时候，那位仗义的女孩子已经病故了。

苏曼殊伤心坏了。后来他去上海参加革命党的聚会，和萧韧秋住一间房，说他正在写以此为题材的小说，经常趴在枕头上，写着写着就泪水涟涟。他说，他要写一百回，每回配一幅插图，现在已经画了三十多幅，希望萧韧秋帮他找孙中山赞助点儿费用，把这本小说出版。

萧韧秋还真去说了，可孙中山当时也缺钱，最后还是孙夫人给了笔费用，苏曼殊得以第二次去日本——只是，小说终于未能面世。

为什么传奇故事中，爱情总和死亡沾边呢？也许，在人们心目中，得不到的才是最好的，永远失去的，才是最值得回味和怀念的。死亡，是最决绝的别离，将死亡带入爱情之中，才能让爱情带有最悲剧的色彩，最刻骨铭心的伤痛。

其实，苏曼殊这辈子，尤其是在日本，并不消停，艳遇不少，段子也不少。那些风花雪月的时候，他是否会想起在广州死等他的女孩呢？

苏曼殊病重住院的时候，给胡汉民写了封信，另外附了张纸，要求转交给萧韧秋。萧韧秋打开信纸，只见上面画了个鸡心形状，旁边写了五个字：不要鸡心式。大家都不明白什么意思，只有萧韧秋说："苏和尚快不行了。这是叫我买块玉，带着去见他没过门的媳妇呢。"

《世载堂杂忆》是这么记述苏曼殊最后时光的：有人带着玉，匆匆忙忙赶到苏曼殊在上海住的医院。当时苏曼殊已病危，三天水米未进。护士拿着玉对苏曼殊说，广州的萧先生托人带玉来了。苏曼殊睁开眼，让护士把玉放在自己手上，托着手送到唇边，亲吻了一下，然后"欣然一笑而逝"。

杀死你的男人

女人如果有了私情怎么办？一女多情人，这事儿搁在现在都麻烦，要是搁在古代，就更麻烦。所以，一些女人做出了惊人的选择——杀死其中一个男人。

唐朝宫中有教坊，教坊中有艺人，有艺人的地方就出八卦。女歌手裴大娘嫁给了攀杆儿的杂技演员侯某，可她真正喜欢的男人，叫赵解愁，是皇帝身边的随从。裴大娘和赵解愁想出解决问题的办法，就是干掉侯某。

机会来了，侯某生病了。赵解愁和哥们儿王辅国、郑衔山商量，说给侯某粥里弄点儿药，药死他算了。商量也得看人啊，这二位是赵解愁的好哥们儿，可也是侯某的同乡。你说这下药的事儿干还是不干？俩人一商量，干，但也不能太不仗义了，偷偷找人给侯某传话，要是一碗粥摆在自己面前，千万别吃啊。这样一来，就既对得起哥们，又对得起同乡了。

所以，侯某就死活不喝粥，谁送的都不喝，这一招愣是没成。

然后呢，赵解愁与裴大娘想出了另外一个办法，把侯某闷死。夜里，裴大娘带着赵解愁，后面跟着郑衔山，郑衔山还扛了个口袋，装满了泥土，直接奔了侯某的床前。由郑衔山动手，把土袋子摁在侯某脸上，死死地捂住……

这事和郑衔山有啥关系啊？又不是他泡妞。所以郑衔山按土袋的时候，留了个缝，“不压口鼻”。当然，侯某也死不了，就在床上躺着配合演戏，闹到天亮，侯某又活了。

到这时候，事情必须败露了。有司把几个人抓去一审，得，赵解愁加上裴大娘以及参与的各位各打一百板子，打了个半死。

八卦传出去，容易走样儿。故事到了宫里，传的就变形了，说是谋杀侯某的土袋不结实，漏土了，所以侯某才活了下来。教坊里面的女孩子开玩笑的时候，就拿这个当话把儿：“女伴儿，你以后谋杀亲夫的时候，缝口袋一定要缝仔细，千万别开绽啊。”

这可能是史上最笨、最失败的一次谋杀亲夫了。

也有成功的，就是成功得有点儿过……

事情发生在元朝，至元二十年。武平县民刘义找县官丁钦告状，说他嫂子与人通奸，并且合谋杀死了自己的哥哥。

丁钦验尸去了，让他苦恼的是，尸首上根本没伤痕，怎么能是谋杀呢？想不通就着急，饭都吃不下去，直叹气。

丁钦的老婆韩氏问清来由，说："表面上当然看不出伤痕，你应该看看头顶，头发里是不是藏着什么，比如说钉子。"

丁钦恍然大悟，再去查尸首，还真是这么回事儿。死者的头顶里，钉着好大一颗钉子，案子就这么破了。

丁钦亲自去上司那里，将此案的破案过程进行了汇报，还特别夸奖了自己的老婆如何聪明。上司听完了，很满意，顺口又问了一句："你老婆嫁你的时候是初婚吗？"

"不，是二婚。"丁钦回答，回答完了，他自己也觉得有什么地方不对劲。

然后呢？有司把韩氏前夫的棺木打开了，开棺验尸，头顶上果然有一颗钉子。这回，韩氏被正法，而丁钦呢？惊悸过度，也死了。

从此以后，脑瓜顶上钉钉子这一作案手法，也不灵了，尽人皆知，也就没法用了。

时光流转，一眨眼就到了清朝了。这回遇到事情的是安徽潜山的县官倪春岩。倪春岩以破案见长，百姓称之为"倪青天"，所以，他就有点儿"过度自信"。

某村一个二十多岁的小伙子突然去世了。倪春岩亲自进村进行调查，直觉就是谋杀。

他找到了小伙子的妻子，咋呼道："昨夜我梦见你丈夫找我，说是被你所害。"

没想到女青年不吃这一套，还和倪春岩吵起来了。

倪春岩坚持要开棺验尸。当时的规矩，死者已经入土，如果开棺验尸也没找到证据，那么倪春岩这个县官就得引咎辞职。

果然是没找到证据，头顶上自然也没有钉子。这回倪青天坐蜡了，一世英名尽毁，就连上司也怪罪他太过孟浪。倪春岩请求说："给我三个月，这案子我要破不了，怎么处理我都行。"

倪春岩开始微服私访查找线索。他在河边碰见个钓鱼的，就跟人家瞎聊天，聊得投机了，钓鱼的就请他来家里烹鱼喝酒。俩人都喝得有点大。倪春岩就问："你多大岁数了啊？"

钓者得意地说："看不出来吧？我六十四岁了。我姓万，就是因为长得年轻，人家都叫我'万年轻'。"

倪春岩说："干嘛不娶媳妇儿啊？生俩儿子多好。"

一提到媳妇，万年轻脸色就变了："女人太狠，太狠了。娶媳妇的事你再也别提。"

原来万年轻在年轻的时候，是个小偷。后来金盆洗手不偷了，但有个毛病，喜欢赌钱。前一阵赌债欠的太多，被逼无奈重操旧业，没想到目睹了一起凶杀案。

当时他潜伏在窗外，往里偷看，只见一个男人躺在床上，似乎是病了，他媳妇坐在他身旁。过了一会儿，女人拿起灯，冲后面招手，接着又出现了一个男人，两个人联手将床上男子制服，捆好，用布塞住口鼻，然后褪下裤子。后来的男人从一个小瓷瓶中拿出一条小蛇，塞进一根竹管，把竹管对准床上男人的菊花，用火在竹管后端一烧……那条小蛇“噌”地钻进男人的肠子里。

“他死了。”万年轻说，“我吓坏了，惨不忍睹啊，也没偷东西，赶紧翻墙溜了。”

倪春岩回到县衙，立刻派人把万年轻捉来，问清楚了时间、地点，然后再次开棺验尸。果然，年轻的死者肚子里，有一条蛇。

原来，小伙子的媳妇和小伙子的表兄有染，加上小伙子身体一直不好，俩人就商量，等他死了，就在一起。可是，这位丈夫总是病，却不死。

于是，就商量出这一重口味的谋杀计策来。

倪春岩的官保住了，谋杀者受到惩处，万年轻呢？倪春岩给了他一笔钱去做小买卖，而且还真给他说了一个媳妇。

澡堂的凶案和春案

2014年春节之后，已经有600年历史的南京澡堂瓮堂停业了。这个现存的中国最古老的澡堂子，传说是朱元璋建的。但愿整整修修，它能留下来，好歹是个遗产。现在的澡客，多半只知道蒸桑拿了，其实中国的公共澡堂由来已久，古人也早有泡大澡的习惯。

人生下来不久就得洗个大澡，这是古来的习俗，叫作“洗儿”。《老学庵笔记》里就写过岭南大户们“洗儿”的过程：孩子出生三个月或者百日，就要洗儿了，而且是个大仪式，要做团油饭，里面包括煎鱼虾、鸡鹅、猪羊灌肠、蕉子、姜、桂、盐豉等内容，叫一大帮人来吃。宋朝那阵岭南还比较穷，放逐之地，能弄出这么大规模的饭，可见当地非常重视。

皇家洗孩子就更了不得了。《铁围山丛谈》中说，皇帝得向大臣们发东西，叫浴儿包子。这包子可不是吃的，而是一个小包，里面是金银钱儿、金小米、涂金果子等，全是值钱东西。之后，宰相级别的重臣，还会得到秘密赏赐，那是个二三百两重的金盒子，里面是玉带、珠宝之类。好多大臣都把这当个收入了。后来财政紧张，大臣何执中建议宋徽宗免了密赐一项（宋徽宗生的也实在多了点儿），皇帝立马同意了。几年后，何执中跟蔡京发牢骚，说最近皇帝发的红包可是越来越少啦。蔡京说，这就是传说中的自作自受。

人长大了，澡要继续洗，而且也得讲究，一定要有“几头酒”，指古代风俗，沐浴后饮酒。这是什么啊？就是洗完得喝一杯，舒坦。另外，洗澡的地方，还得挂个壶。宋朝有人写文章说：“今所在浴处，必挂壶于门。”为什么要在浴室门上挂水壶呢？不知道。后来有人找到《周礼》中一句“掌挈壶以令军井”，说是古代军队挖井，得有个人举着壶站边上当号令，井挖好了才能取水。这习俗流传下来，浴室就得挂壶，虽然大家已经不知其所以然。

至少在宋朝，就有公共浴室了，而且除了洗澡，还有分茶馆，可以喝点儿茶吃点儿点心。洪迈《夷坚志》里，就写了这么个地方：京师浴堂。而且此地还发生了一桩离奇案件。

有个大胖子从外地来，到吏部投简历，要选拔当官，来早了，人家没开门呢，去哪儿啊？澡堂子呗。那时候的澡堂子和现在的洗浴中心差不多，前面是茶馆，可以喝茶吃点心，后面泡澡。这位穿着皮草一进去，就让人盯上了。几个伙计趁他不备，一个皮绳子就套他脖子上了，他只听到一句话：“休说这身衣服，就是这身肉，也值几个钱啊。”然后就啥都不知道了。

天色还早，伙计们没给胖子放血。等到他悠悠转醒，正好吏部开门，他便一头冲了出去，嘴里喊着“杀人啦”。

案子就这么破了，官府搜出三具尸体，都是在这一晚上杀的。原来几个伙计，是做脍人肉的，销售对象全是京城恶少。这口味太重了。

到了清朝，澡堂子就蔚然成风了。《扬州画舫录》里写：浴池之风，最早起于邵伯镇的郭堂，后来又有了张堂，接着就是纷纷效仿。都是用白色的石头砌池子，长宽丈余，格成一大一小两部分，大的靠近热水锅，比较烫，小的是娃娃池，水温适中。浴室的名字也富有诗意了，如小蓬莱、广陵涛、白玉池、清缨泉什么的，和现在的澡堂子也很接近了。

到了清末民初，澡堂子已经遍地开花。有文献说天津的澡堂子，门前要挂个大红灯笼当招牌，院内或者房檐上，悬一块铁板，叫作云板，每当早晨和中午换池子（给池子换水），都要敲云板，叮叮当当一响，招呼大伙儿赶紧泡澡来。门口的对联写着："金鸡未唱汤先暖，云板轻敲客早来。"北京的澡堂子呢，显得特有深度，对联是："愿同胞涤除旧染，洁全体活泼新机。"这就从洗洗睡上升到思想层面了，和圆明园的"澡身浴德"有一拼。

男的洗澡，女的也得洗啊。1914 年，北京的李铁拐斜街出现了第一家女浴室，叫"润身女浴所"，当时媒介称赞道："盖沐浴者，卫生上之要素也。女子有孕育之关系，尤以清洁为宜。各国皆然，不足怪异。"

不过，什么事都会变味儿。民国的《苦榴花馆杂记》里，就讲到吉林出现了男女同浴的浴室。虽然男女之间还隔着障板，但声音相闻，春色盎然。后来干脆发展到"几多痴男女，公然携手入幕，假出浴之华清，做巫山之会合”。

这就发展到澡堂子约炮了。

为这事，当地警察厅可费了大劲，他们觉得有伤风化，把这些浴室封了，然后制定了女浴室章程。一些专门为女性的浴室，都挂出了“坤塘”的招牌，严禁男宾入内。

不过天长日久，规矩也就不严了，经常有男客出入“坤塘”。警察都是男人，不好意思去，就请某女工厂厂长去一探究竟。回来说，果然有男的，不知道该怎么处置。

最后怎么办了，书里也没细说，只提到谴责了一下。

男女的事儿，千古难题，搁现在，曝光的曝光，罚款的罚款，可管得住吗？

『女神』们

现在娱乐圈里，只要有漂亮女星，气场强大一点，气质个性一点，都会被公众封为“女神”。狭义一点，女神就是女性的神仙，广义一点，就是众人倾慕的美女。历史上的“女神”林林总总，女娲、西王母、嫦娥、七仙女……她们的地位和本领，似乎一点儿不逊于男神们。还有更多的“女神”，在时间里慢慢湮没了。

唐朝初年，魏徵、虞世南等撰写了一套《群书治要》，其中提到《淮南子》里有一句“待西施、洛慕而为配”。意思就是说等着找西施、洛慕这样的女孩子当配偶。注解说，西施、洛慕，都是古时美女。可见，洛慕在古时，应该美得与西施齐名。有的书也会把她的名字写作落纂——这应该是因为字音、字形相近引起的文字错讹。

当然，那时候美女辈出，还有一位叫毛嫱。《庄子》里讲：“毛嫱，丽姬，人之所美也；鱼见之深入，鸟见之高飞。”知道了吧？毛嫱才是“沉鱼落雁”最早的出处。后人把这个成语硬套到西施、貂蝉等人头上，对毛嫱实在不公平。

东晋王嘉写过一部《拾遗记》，里面提到了另外两位美女——延娟、延娱。她们是姐妹俩，周昭王的时候，由“东瓯”进献而来。周昭王南征楚国失败，沉溺汉水而死，延娟、延娱也跟着一起淹死了。当时江汉一带的百姓，到了暮春之时，就会用兰（兰花）、杜（杜若，一种香草，古人沐浴时常用来放在浴盆中浸水）的叶子，包裹些时鲜美味，投入江中，祭奠他们。后来，又发展到用五彩纱囊或者铜铁餐具盛放食物，以避免食物被蛟龙、鱼虾吃掉。这年代可比端午节祭奠屈原要早多了，也比西施她们更早。

《岁时广记》等古籍中，还记载了一位美女却要。她是宋朝湖南观察使李庾家的丫鬟。这个小丫鬟不仅漂亮，而且举止有范儿，还有文化、善辞令。完全符合现在的“女神”标准——实际上她相当受欢迎，李庾的四个儿子全爱上她了，分别和她约会。于是却要就开了个大玩笑，晚上把四位公子分别约到了客厅的四角。夜深人静，四个少爷睡在客厅里，没等来美女，却遇到了其他兄弟，窘迫万分，这时却要却拿着火把出现了，问他们：“为啥在这儿打地铺啊？”

这个故事后来被说书人安到了华府丫鬟秋香身上。可惜了，原创却要反而被人忘得一干二净。

在所有中国的“女神”中，女娲的排名无疑应当在第一，她一直被视为中华民族的始祖。所以，对女娲的膜拜也一直存在着。知道女娲补天炼石的具体地点在哪里吗？清代的《景船斋杂录》里提到，这地方就在山东平度东的浮山，那里女娲补天的炼石灶还在呢，“所产五色石可烧”。当地习俗，每年上元节之夜，家家都会支起高五六尺的铁炉，放进杂石和石灰，“炼之达旦”，天都会被映红，“至于今不废”。炼这东西干什么？没说。可能就是一种纪念方式吧。

在宋朝，则有专门为“女神”女娲设立的节日——穿天节。《坚瓠集》中说，穿天节在正月二十三日，相传女娲在此日补天。这天的风俗嘛——每家每户摊大煎饼，摊好了铺在屋顶上，这就算补天了。高大上的“女神”就是受欢迎，干了什么，后人都给找齐了。

莫愁女，是另外一位受欢迎的“女神”。大家都知道南京有莫愁湖，不知道的是莫愁竟然有三个出处：除了南京以外，清朝的《滇行纪程续钞》说：汉江之西有莫愁村。卢家有女名莫愁，善歌舞，尝被召入楚宫。古代一些音乐典籍也讲，《莫愁乐》出自《石城乐》，而石城并不是大家所说的金陵石头城，它的确切位置，在古楚国的郢中，而那里古时的地名又叫竟陵，传来传去的，就传岔了，就变成“金陵”了。有人还在那里见过莫愁的石像，“衣冠甚古，乃古之神仙者流，非女子也”。瞧，连性别都遭到质疑了。

至于南京的莫愁，则是因为有个也叫卢莫愁的妓女住在这里，“或后代倡女慕莫愁名，好事者因其人以名湖”。不知道南京人民是否接受这个解释。

可问题是，莫愁并非就这两个出处，还有第三种解释：莫愁，洛阳女。梁武帝萧衍写的诗里就说：“河中之水向东流，洛阳女儿名莫愁……”从这些争议中可以看出，音乐天才莫愁真是太让人喜欢了，大家恨不得都当她的老乡。

八仙中唯一的女神叫何仙姑，关于何仙姑的说法，也非常纷繁复杂。其中最“八卦”的一个说法出自《东轩笔录》，说湖南永州有位何姑娘，小时候见过异人，吃过仙桃，能知人祸福，而且一辈子不吃东西也不饿。众乡亲称之为“何仙姑”，还给她盖了个楼住，士大夫也多有拜访她问吉凶的。正好湖北运使王达路过，就把何仙姑召到船中“留数日”。这个桃色新闻，被王达的政敌、潭州知府魏绾知道了，老魏不含糊，立马给皇帝上了一本，举报王达在永州“取无夫妇人阿何于舟中止宿”。调查属实，王达为此丢了乌纱帽。

此何仙姑是不是彼何仙姑啊？不知道。不过，这倒是一个典型的想当“女神”失败的案例。

可能是因为古代女性受教育的机会少吧，出了一些才貌双全的女文青，就会被大家热捧。最著名的自然是薛涛了。

薛涛是唐朝人，色艺俱佳，属于美女作家、诗人，生前就被一群文化人追随。在成都，至今还有薛涛井和薛涛纪念馆，就在望江楼公园里。明朝的《南中纪闻》里说，每年的三月初三，成都人会聚集到薛涛井边，那时候井水浮溢，拿着纸笺从水面上拂过，纸笺就立刻变成娇红色，鲜灼可爱。不过这可是有限资源，每年只能变色十二张，遇到闰年能有十三张。这个资源很快就被官府垄断，六张拿来上贡，剩下的都留在成都府里了。如果现在恰好在三月三去薛涛井，可以去试试，看看是否还有这个“功能”。要是没有，就只好在旁边的商店里，买几张“薛涛笺”了，当年薛涛制作的纸笺，确实是非常有名的。

《山斋客谭》里，还提到了另一位唐朝女文青——潇溪女史。她叫颜初元，字待月，19 岁就跟了白居易。后来因为其他小妾进谗言而失宠。后来，白居易叫她去京城相聚，她以生病为由拒绝了。会昌六年闰七月初九，逝于西湖灵隐山女真庵中。那一天，她对人说："白尚书已经在五个月前逝去了，他现在来叫我了，我应该去找他……"

女文青，一般都会被包装成这样——充满悲剧色彩，聪慧、情深却又傲娇。

当然，也有非常简单实用的文青"女神"，她就是"银瓶娘子"。宋书《癸辛杂识》中就讲，南宋的太学内，就有祭祀岳飞的忠文庙（武将当文神本身就很奇特），庙里并祀"银瓶娘子"，因为岳银瓶是传说中岳飞的女儿。太学生们去银瓶娘子那里求签，若求得"门里心肝卦"，那么私试（临时的考试）必中，因为中榜名单会挂在门里。若求得"飞鸿落羽毛"，则解试（州府考试）必中，飞鸿掉下羽毛来，那不是（射）中了吗？

至于岳银瓶怎么当上这个考试不挂科"女神"的，就不清楚了。这和"信春哥不挂科"有异曲同工之妙。

"女神"并不是人们想象的那样，全是仙风道骨超凡脱俗的森女系，也有不少干粗活和脏活的。

《新唐书·北户录》提到船神叫孟公、孟姥，船夫们每年除夕都要杀鸡择骨来祭祀他们。"孟"字来自"冥"，《山海经》讲元冥是位水神。后来不知道怎么了，就演变成孟公、孟姥一对儿，也有叫成冥公、冥姥的。这么看，孟姥就是个干粗活的“女神”了。

清朝还有本《开卷偶得》，讲述的是“砍柴女神”的故事。这位“女神”是晋国著名的介子推的妹妹。介子推辅佐了晋文公，却因为不愿出山而被晋文公误烧致死，所以有了清明节，在火烧介子推的那一天不能生火。介子推的妹妹认为，这对于介子推来说太不公平了，要以某种形式来表示愤懑。于是她就在冬至的次日开始，每天积攒一根柴禾，到了清明，正好是一百天，“烈火焚之，为其易俗”。民间“百日斫柴一日烧”的说法，就是来源于此。妒神心中不平，表露无余。

“女神”有时候未必是人身，有的“女神”还会变成虫子。南宋《异苑》就讲到东郭姜化缢女虫的事情。东郭姜是齐国棠公的妻子，棠公死后，她在葬礼上和大臣崔杼一见钟情，不顾反对嫁给崔杼。不久，又与齐庄公私通。崔杼一怒之下杀了齐庄公，立齐景公，引发了著名的“庆封之乱”。在政变中，东郭姜上吊自杀。传说东郭姜死后，就变成了缢女虫，头赤身黑，长约寸许，习性是经常吐丝，从树上吊下来——也许，就是现在常见的虫子“吊死鬼”中的一种吧。

《异苑》里提到的另一位“女神”名叫紫姑，俗称坑三姑。她真名叫何媚，字丽娘，是山东莱阳人。紫姑嫁给了寿阳的李景为妾，但总是被大老婆欺负，被命令去打扫厕所。终于在正月十五的时候，掉进厕所身亡（苏东坡在《仙姑问答》里说，她是被正室推入厕坑，谋杀而死）。紫姑冤死的事情被天帝知道了，就将她封了神——主管厕所。旧有习俗，人们正月十五会剪个人形，放在厕所或者猪圈旁，在夜里迎接她，这就是迎仙姑。这位紫姑，怕是“女神”中干活最辛苦的一位了。

SM的S和SM的M

二百多年前，1814 年的 12 月 2 日，一个满头白发的 74 岁的老胖子在法国的沙朗东监狱里度过了人生的最后一天，死了。这个人叫萨德（Sade），就是后来人们说起的 SM（性施虐与受虐）中的那个 S。

如果还有人对萨德不熟悉的话，《索多玛的 120 天》总知道吧？这部意大利先锋导演帕索里尼充满争议的电影作品，就脱胎于萨德的小说《索多玛的 120 天或放纵学校》。

萨德是波旁王朝一个贵族的后代，年轻时英俊潇洒，当过骑兵，作战英勇，但婚结得不如意。因为家庭的压力，他没娶到喜欢的邻家小妹，而是娶了一个法院院长的女儿。据说在婚礼当天，丈母娘就爱上了女婿，两个人甚至租房同居。而后，萨德就开始了他半辈子放纵的生活，在这个过程中，他和丈母娘反目成仇，丈母娘多次做局使萨德入狱，并且想方设法延长他的刑期。

和现在写网文的写手们不同，萨德可不是个意淫者。他写的都是他要做和已经做了的事情。他生活放浪，陆续与多人有染，其中有他的小姨子、著名的女演员、妓女，也包括他的男仆。他甚至给多名女性同时服用春药——就是著名的西班牙苍蝇水。

在淫乱的过程中，他使用了很多虐待的手段。被激怒的女孩的父亲曾经冲到他家里来对他开枪，而他自己也因此多次逃亡、入狱，甚至被判死刑。判死刑的那次他没被抓到，于是人们就焚烧了他的肖像，以此表示他被处火刑了。最惨的一次，他被投入巴士底狱。据说是他在监狱里冲外面喊了一嗓子，导致人们开始了著名的历史事件：攻占巴士底狱。

总之，无论在当时还是在现在，萨德毫无约束的、霸道而暴躁的性行为都为普罗大众所不容，普遍受到唾骂。但是萨德可不满足于肉体爽了就完了，他开始了写作和思考，展现出作家和哲学家的一面，他在努力探讨道德、宗教、虚伪这样的话题，仿佛就是在为自己的行为找依据。在他的小说里，往往充斥着大段的争论与评述，实际上就是他在表露思考的过程。这种喋喋不休乃至滔滔不绝，有人认为是雄辩，有人认为是诡辩。这让后世的很多人受益匪浅，比如弗洛伊德。很多先锋艺术家和诗人，都对他崇拜有加。西蒙娜·德·波伏瓦在《要焚毁萨德吗》一文中说，萨德的行为，不是简单的个人行为，他是要用这种方式向社会挑衅。

萨德的一生是在两种节奏中度过的：一部分是放纵、荒淫；一部分是落魄与囚禁。他屡次被投入监狱，在其中度过了十几年的时光。在监狱里他不能为所欲为，却开始了大量的写作。《索多玛的120天》以及《鞠斯汀娜》这样的代表作，都是在巴士底狱完成的。长期的监狱生活让他成为了一个胖子，英俊不再，性能力也丧失殆尽，但却没有摧毁他的热情，他几乎疯狂地写着，虽然他的很多作品都被禁毁，没能流传下来。

有趣的是，当萨德被从巴士底狱放出的时候，他积极参加了法国大革命，在长矛分区任职，负责管理和改革医院。革命者批准他离婚，也洗劫了他的庄园——赖以生存的财产。最后，他的“革命”也以失败告终——这位以虐待著称的“革命者”，被以“温和罪”判处死刑。

所幸的是，判决的第二天罗伯斯庇尔就倒台了，萨德又逃过一劫（更为有意思的是，萨德的崇拜者帕索里尼导演也自认为是个革命者，他认为自己是马克思主义的信徒）。

萨德就是这样一个奇怪的人，无论是旧王室、革命派还是拿破仑，都把他看成格格不入的对立面，外面王朝更迭，他的人生却依旧重复，一次又一次地被投入监狱。世界上唯一对他好的人就是他厌恶的妻子，他在狱中，给他送衣、送饭、送书；他在狱外，一次次原谅、宽容乃至纵容他。但萨德却把妻子和丈母娘视为一类，认为她们道貌岸然、虚伪到家。

有人认为，萨德的代表作《鞠斯汀娜》（也译作《贞洁的厄运》）就是以他妻子为原型而创作。在那部书里，女主角鞠斯汀娜坚信自己的善良、忠贞和守节能带来好运，结果却是屡屡遭劫、反复受虐，被摧残得九死一生、体无完肤，被全社会认为是最放荡的女人。而她的姐姐因为相信身体与美貌可以做交换，过上了锦衣玉食的生活。在故事的最后，鞠斯汀娜被姐姐救出，命运本该转折，但却被一个雷劈死了。

萨德似乎用这部书在阐述“装逼遭雷劈”，他无情地嘲弄那些所谓坚持道德底线的人，尽可能地给予他们最悲惨的命运。当他在某个章节中把女主角虐得奄奄一息，觉得她所受的虐待手段毫无新意时，就让她“神奇”地从魔窟中逃出，然后落入另一群更凶残的人手中，接受新的百般凌辱。女主角和施虐者在不停地辩论，但从那些文字中，可以看到萨德满满的恶意和快意：他是多么希望那个受虐的女人，被驳斥得哑口无言。

萨德一直是被主流社会禁毁的作家，他自己可能也没有想到，两百年过去以后，他以“S”的符号，“活”在了这个世界上。

在萨德去世后二十二年，也就是1836年，SM的另一半——M出世了。这一位是奥地利人，名叫马索克（Masoch）。

马索克少时孱弱，他的俄国籍母亲就把他交给了一位彪悍的俄罗斯大妈抚养，阴盛阳衰的成长环境让马索克成了一名真正的受虐者，渴望臣服于女性的脚下。小时候，他暗恋上一位美丽的亲戚，那个女人酷爱穿裘皮大衣，作风泼辣而放荡，这让马索克总是对裘皮大衣里面的裸体女人不能自拔。他的代表作是《穿裘皮的维纳斯》，讲的就是一位贵族男子，反复要求一名贵妇穿裘皮并且与自己签订主奴合同，不停地羞辱和鞭打自己。李银河介绍说，小说的主人公塞弗林和旺达，后来成了男奴女主的代名词。

萨德和马索克属于两个极端。萨德充满了侵略性并且毫不顾及对方的感受，他的暴虐宣泄着对世界的不满；而马索克则显得绅士，他需要的虐待，都是反复恳求、说服，征得对方的同意才能获得——实际上，这种恳求本身也是被虐的一部分。用现在的话来讲，萨德属于霸道总裁一类，而马索克则是典型的娘炮。但他们又有着很多相同之处，比如都是贵族后裔，都当过兵并且英勇善战立过军功，都热衷于以自己的魅力不停地获取性伙伴，而且，他们都写作。

这两个在世界上擦身而过未能相遇的人，构成了一个长长的词汇：Sadomasochism，被简称为SM。其实，每个人都有着施虐性或者受虐性，只不过表现的方式、强度不相同。在日本文化的影响下，SM又从单纯地追求快感，走向了唯美和互相需求、依赖的方向。中国也有这样的群体，其中不少人追求一种隐秘的、简单的快乐。当然，其中有些是赶时髦瞎混，有些图财，还有人骗炮。但不管怎么说，这个群体是已经存在的。

萨德和马索克的部分作品，在国内都有出版，如萨德的《贞洁的厄运》《伪贞洁的女人》《孽之缘》；马索克的《穿裘皮的维纳斯》《情迷维纳斯》等。

女汉子凶猛

“万里赴戎机，关山度若飞”。花木兰女扮男装从军打仗，最后荣归故里，这个故事广为流传，让她成为中国的女汉子标本。都说中国是个男尊女卑的国度，可自古以来，女人要是办了男人的事儿，还总是被当成正能量传播的。这也是很奇特的现象。

从军的女性不止花木兰一个。唐代新罗人所著《桂苑笔耕集》里，就讲到滁州刺史许勍的妻子刘氏率军平叛的事情。这本书里，把刘氏比作后魏时期大将杨大眼的老婆潘氏。据说潘氏精通骑射，跟随杨大眼攻城拔寨，并驾齐驱。杨大眼也以此为豪，经常指着自己老婆对士兵们说：“这是潘将军。”于是，在这本书里，刘氏也被赞誉成“刘将军”。

刘将军真不含糊，“手驱组练之群，远攻壁垒；身脆绮罗之色，久犯氛埃”，表现得相当英勇。在这短短的一段记叙中，人们就知道了两条女汉子：后魏潘将军，唐朝刘将军。

女汉子们在战场上经常出现。史书载，隋唐之时，唐高祖李渊有个女儿平阳公主，嫁给了柴绍。这位平阳公主组建了一支娘子军，与柴绍“各置幕府”，平起平坐，可以摆脱丈夫独立指挥作战，深得秦王李世民嘉许。到了元朝末年，还有“花山贼毕四”等三十六人在茅山一道宫聚义的记载，“内一妇女尤勇捷”，她们纵横出没，肆无忌惮。元朝调拨三省兵力，用了三个月的时间围剿，结果是“杀伤官兵无数”，不能收捕。最后没辙了，招募了一群鹾徒（晒盐人）作战，才把这拨造反的人平定下去。“从此天下之人，视官军为无用”。几年后，中原“红寇”就闹了起来，元朝开始崩溃了。

当然，不是每个女汉子都能赶上打仗。来看看平时女汉子们都在干什么吧。

《续夷坚志》里说，元朝洛阳东南有个左家庄，庄里有个戴十，给人家当佣工种田。有一天没头脑的一场大祸就来了——有个贵族家的通事（就是家奴），居然跑到他田里放马来了，一地的粮食全被糟蹋了。戴十急了，过去理论，结局是一顿马鞭下来，被殴打致死。

戴十的老婆梁氏不干了，拉着戴十的尸首去营中要求偿命。里面立刻有人提出私了，赔偿梁氏两头牛、一大锭银子作为补偿，还劝解梁氏：“你丈夫死了，这是天命。你两个孩子还小，得了这些财产，能养活自己呀。就算把凶手杀了，你丈夫也活不过来了。”

梁氏反驳：“我丈夫无罪而死，这事儿能拿钱换算吗？我就是要他偿命，我们母子以后要饭也心甘情愿。”

众人问：“给你把刀，你敢杀了他？”

梁氏说：“有什么不敢的？”劈手夺了把刀，就朝凶手扑过去了。

这件事最后的结局是凶手伏法。“梁氏掬血饮之，携二子去”，豪气干云。

女汉子们办事也并不总是直来直去，忍辱负重，机智应变的也有。明朝江南才子祝枝山写的《野记》里就讲过这么个故事：宣德年间，商人朱生在湖南做买卖，有一天泊舟湖畔，就有艘小船靠了过来。船上的人说，他们有新来的姑娘叫王二，问朱生是否感兴趣。这位王二姐也站在船头，仔细观察着朱生。大概是觉得朱生这人靠得住吧，就让揽客者请他过来，喝上一杯。

喝酒的时候，王二突然神秘地对朱生说：“你一定要请我上你的船，我有话跟你说。”

朱生照着她的话做了。一上朱生的船，王二就讲起了自己的经历。原来，她是淮安蔡指挥的女儿，一家随调任的父亲去襄阳上任。没想到舟人王某趁蔡指挥喝醉，把他推到了水中，同时害死了姑娘的母亲。姑娘长得漂亮，王某就强霸为妻。本来，凭着蔡指挥死时留下的财产，日子也过得相当富裕，没承想恶人自有恶人磨，王某拿这些钱经商的时候，也被抢了，于是，他就逼着这位姑娘卖淫为娼。姑娘希望朱生帮她摆脱这个恶棍，帮她报仇。

第二天一早，小船上的那位王某就冲着朱生的船喊：“二姐醒了没有？”

朱生冲出来回应："贼子不知死，还找二姐哪？"王某知道事情败露，投水了。死没死不知道，但蔡姑娘和朱生从此在一起了——后来这段事情被艺人们改编成小说，在茶肆勾栏中演绎，成了"蔡氏女复仇记"。

女汉子们出场，还有一个通行的方式，就是女扮男装。从花木兰开始，女扮男装被文学作品特别是武侠小说广泛使用。真实的女扮男装也是存在的，《苦榴花馆杂记》里，讲了一位"二少大人"。

此女姓周，如皋人，姑娘在家中排行老二，从小就喜欢男装，并且聪慧过人。家长对她相当溺爱，就当男孩儿养了。小时候读书、吟诗，琴棋书画全能，最喜欢的是金石镌刻，长大了，"落落有丈夫风"。这位姑娘还真把自己当男人了，花钱捐了个候补道，最后竟弄了二品观察当。后来还有知情者向报馆人员透露："二少大人当官，就是为了掩人耳目。她后房里养了好几个男人，闲的时候，大家还一起清谈自娱，风流不可一世。只不知道画眉之乐，究竟被谁享用，这是个谜啊。"

就在"二少大人"风光旖旎差不多的时段，另一位女汉子横空出世。这个女孩儿长得漂亮，有一身功夫，随便就能跳一丈多高，会轻功。她小时候跟着父亲走江湖卖艺，觉得男人都不可靠，发誓终身不嫁。到了上海，出事了，父亲被人陷害，让洋人的巡捕房抓了。女孩儿去讲理，人家根本不听华人的话，说急了，把她也给拘了起来，最后交了大笔罚款，才放人。女孩说："我们自己的官，老冤枉人，不过还允许人申辩，没想到洋人的官，连申辩都不让。"从此和洋人结下了梁子。

不久义和团闹起来，姑娘立刻北上参加，成了一名红灯照。由于有功夫，又漂亮，深得大师兄信任，给了个名号叫“翠云娘”。姑娘也有了自己的包装：周身绫锦，从衣服到鞋都是绿色，显得越发好看。就一条，她觉得这些团友们纪律松弛，某些行为和做贼也差不多，不像干正事的，可自己也不好说什么。毕竟是个女人嘛。

八国联军打进北京，义和团正要大显神威，姑娘却失望地发现，她的师兄们都跑得没影了，就剩下自己和手下的女孩儿。但仗必须要打。翠云娘带着红灯照，与敌人“巷战竟日”，一天下来，敌兵死伤甚多，自己的女孩儿们已经伤亡殆尽。翠云娘没办法了，只好“登屋逸去”。

此后发生的事情，不仅让翠云娘失望，而且让她恼火。因为原来义和团的领佐们，突然摇身一变，“大半为外兵向导、仆役，且籍外兵之势，劫夺戕杀，无恶不为”。翠云娘慨然道：“我误与此辈共事，怎么能成事呢？这个账必须得算。”

于是，翠云娘传出消息，邀请这些师兄们吃饭。大家都仰慕翠云娘漂亮啊，来的人特别多。见人到齐了，翠云娘说：“我说你们这些人，简直猪狗不如。现在君出国亡，都是你们的罪过。我得拿你们去谢天下人。”说完，“乃出长剑并戮之”。

杀了师兄们，翠云娘跑了，不知所终。

和女汉子在一起混，人品一定要好啊。否则，死都不知道是怎么死的。